곤란할 땐, 옆집 언니

곤란할 땐, 옆집 언니

명랑하고 호쾌한 마흔여섯 인생론

남수혜 지음

SIDEWAYS

서문

맛있는 음식을 장만하면 앞집에 갖다 줄까 싶다가도 부담스러워할까 망설이다 그만둔다. 아이 키우면서 딱 한 접시의 음식이 그리울 때가 많았다. 젖 먹이고 아이 키우면 허기가 몰려오는데 내가 먹을 것을 손수 마련해야 하니 끼니를 몰아서 먹기 일쑤였다. 누가 방금 만든 반찬 한 접시만 갖다 주면 얼마나 반가울까.

안면만 있는 동네 친구가 친정어머니 상을 당했다. 조문을 가는 건 오버인 것 같은데, 그럼 부의금은 얼마나 해야 하나. 그때 누가 구체적으로 어떻게 하라고 알려주면 얼마나 도움이 될까. 또 친구들 모임에 가는데 오랜만에 차려입었더니 영 어색하다. 그런 순간 '야, 그거 입지 말고 이게 좋겠다' 하고 쿨하게 알려주는 언니가 있으면 얼마나 좋을까.

마흔여섯 인생을 살아오면서 내 인생에 많은 도움을 준 자매들을 떠올려본다. 뭔가를 환불받으러 갈 때 같이 가주고, 진로와 연애 상담을 해주고, 직장에서 성희롱을 당했을 때 서로 조언해주던 그녀들이 없었다면 내 인생은 얼마나 무미건조했을까.

옆집에 친정 언니 같은 이웃이 있으면 좋겠다. 서로 선을 넘지 않고 정말 필요할 때 키다리 아저씨처럼 서로 도울 수 있는 언니, 동생이 있으면 얼마나 좋을까. 작은 고민이나 살림의 팁을 얻을 수 있는 이웃이 있으면 참 든든할 것이다. 가끔 좋은 이웃을 만나기도 했지만, 아파트의 문은 생각보다 견고했다. 부침개를 넉넉히 부친 비 오는 저녁, 한 접시 나누어 줄 수 있는 옆집 언니, 이웃 형님이 되고 싶다. 나도 그런 언니나 선배가 있으면 좋겠다.

이 책은 그런 소망을 갖고 살아온 평범한 주부이자 일하는 여자의 기록이다. 글을 쓰며 많이 울고, 또 많이 웃었다. 주말마다 원고 들고 나가는 엄마와 아내를 응원해 준 내 아들들과 남편에게 특별히 감사의 말을 전한다.

2021. 10. 15.

남수혜

차례

제3부 나의 친애하는 주방에서

'정성'과 '순종'을 걷어차는 인생론

1부

인생은 자신감이다

나를 반짝이게 했던 열정의 기록

어린 시절 나는 말이 빨랐고, 언어 구사력도 나쁜 편이 아니었다. 교회에서 성경을 줄줄 외워 주목받는 한편, 피아노도 곧잘 치고 노래도 잘했다. 중학생 때 내 별명은 시커먼스였다. 또래 중에서 키만 멀대같이 큰 시커먼스. 피부가 까맣고 예쁘진 않았지만, 나는 외모에 별다른 콤플렉스도 없이 자신감 있게 자랐다.

중학생 때부터 친구들과 독서실에서 열심히 공부했고, 열심히 놀았다. 고등학교 때는 음악대학에 진학하고 싶어 엉덩이를 붙이고 앉아 더 열심히 공부했다. 나는 대학만 가면 인생이 끝인 줄 알았다. 고작 19세에.

대학에 들어가선 내 예상치보다 훨씬 더 넓은 세상을 만났다. 내가 사는 이 사회에 잘난 사람이 얼마나 많은지 그때 처음 알았다. 인물도 좋은데 성격도 좋고, 재능도 출중한 데다 집안도 좋은 친구들이 어쩜 그리 많은지…. 나 정도면 꽤 괜찮은 사람인 줄 알았는데 너무 월등한 친구들이 많으니 저절로 겸손해졌다.

그렇다면 자신감 있는 인생을 사는 사람은 전부 이렇게 타고난 조건들을 갖춘 사람들일 것인가? 이런 빵빵한 사람들만 자신만만하게 살아가던가?

아니었다. 내가 마흔여섯 해 동안 깨달아온바, 세상은 그렇게 돌아가질 않았다. 가진 거, 배운 거 쥐뿔도 없어도 항상 즐겁게 살면서 구김살 없이 자신감으로 똘똘 뭉쳐 당당한 사람이 있는가 하면, 저 조건에 왜 저렇게 맨날 죽는소리만 하나 싶은 사람도 있었다.

나는 어떻게 살아왔는가? 동네에서 만난 친구들과 고만고만하고 행복하게 지내다 스물 무렵에 어거지로 겸손해지기는 했지만, 20대의 나는 물론 여느 젊은이들처럼 뛰어난 사람이 되고 싶었다. 젊을 땐 나도 더 큰 인물이 되어 내로라하는 직업을 갖고 명성을 얻어 자신만만하게 사는 삶을 희망했다.

대학을 졸업한 지 20여 년이 지났다. 마흔 중반을 넘긴 나는 결국 큰 인물이 되지는 못했다. 대신 주방과 가족을 지키면서도 늘 가슴 벅찬 일을 꿈꾸는, 평범하고 건강하며 명랑한 중년의 아줌마가 되었다. 평범하지만 우주최강으로 재미나게 살고 있다고 생각하며 하루에도 몇 번씩 크게 웃으며 살고 있다.

모두가 괴롭고 힘겨운 세상에서 이런 자신감은 거짓말같이 느껴질 거다. 나는 뭐가 잘났다고 이렇게 근거 없는 자신감을 내

세우는가? 이것은 나의 또 다른 콤플렉스의 발로 같은 것인가? 사실은 별로 잘나지도 못하고 사회적으로 성공하지도 못한 어느 아주머니의 자기 위안 비슷한 것?

나의 기록을 다른 사람들이 어떻게 생각할지 별로 관심이 없다면 거짓말이겠지. 하지만 남들이 어떻게 받아들이든, 내 인생을 잠시 돌아보고 기록하고 싶다. 평범하지만 때로는 특별한 인생 이야기에 많은 사람들이 공감하리라 생각한다.

나는 스스로가 강아지같이 느껴질 때가 있다. 아주 어렸을 때부터 그랬다. 왜 그런진 몰라도, 남들에 비해서 누군가가 나를 좋아할 거라든지, 싫어할 거라는 생각 자체를 별로 하지 않았다.

나는 강아지처럼 사람을 좋아하고, 또 사람에 대한 기본적인 믿음이 있다. 사람을 믿고 좋아하니 내 곁의 사람이 나를 싫어할 거라거나 내게 해를 가할 거라는 의심을 먼저 하지 않는다. 이 세상에는 악독한 사람도 많고, 나도 겪을 만큼 겪어봤다. 그렇지만 대다수의 사람은 다른 이들에게 친절하고 좋은 사람을 알아본다. 사람들은 바보가 아니다.

사람들 모두가 나를 좋아할 수는 없다. 나도 그걸 잘 안다. 혹여 상대가 나를 싫어한다고 해도 나는 강아지처럼 또 다른 사람을 좋아하니 크게 문제가 되지 않는다. 사람을 좋아하고 사람들과 공감하고 즐겁게 지내는 내 인생은 그 사람들에게서 얻은 사랑으로 충만하다. 그 충만함이 곧 나의 자신감일 것이다.

그리고 언제나 자기 몸을 들썩이며 눈을 반짝반짝 빛내는 강아지와 같이, 나는 항상 일을 만드는 사람이다. 비록 그 일을 통해 넘어지고 무릎이 까져도 나는 강아지처럼 저 멀리 있는 흙을 파고 공을 던지며 또 다른 일을 만든다. 그 일이 대단하거나 멋지지 않더라도 내가 즐겁고 흥이 넘치니 인생에 자신감이 넘친다.

나는 이런 자세를 갖고 그간 내가 어떤 일을 벌여왔는지를 이 책에서 기록해 보고자 한다. 나뿐만이 아니라 한 사람 한 사람의 여성이, 주부가, 언니들과 엄마들이 얼마나 최강의 삶을 살아가는지를 알기 위해 많은 이들이 『곤란할 땐, 옆집 언니』를 꼭 읽어보면 좋겠다. 엄마처럼 살지 않겠다고 다짐하되, 엄마들이 얼마나 엄청난 일을 했는지 알아야 할 이 세상의 모든 사람들이….

어쨌거나 이 책은 내 안의 나를 반짝이게 했던 열정의 기록이 될 것이다. 사실 나뿐만 아니라 옆집에 사는 언니들은 다 나름의 열정과 인생의 내공으로 뭉쳐 있다. 또 당신을 도와줄 만반의 준비가 되어 있다.

그러니 여기까지 읽어주신 분들 모두, 이 책을 읽는 동안만은 나를 이웃집 친정 언니 혹은 사촌 누나라 생각하고 계속 함께해 주길 바란다. 나는 강아지처럼 여러분들을 좋아할 수밖에 없는 사람이니까.

중년이 된 빨강머리 앤

평범한 아줌마가 되었지만 즐거운 인생

안방극장에서 만화영화로 만난 〈빨강머리 앤〉은 내 어린 시절을 지배하는 캐릭터였다. 나는 물론 우리 세대의 많은 사람들처럼 〈톰과 제리〉와 〈아기공룡 둘리〉, 〈플란다스의 개〉와 〈딱따구리〉, 〈꼬마 자동차 붕붕〉 등을 섭렵한 만화영화 키드였다. 그렇지만 그중에서 제일은 역시 〈빨강머리 앤〉이었다.

앤은 항상 꿈을 꾸며 어려운 현실에서 벗어나려고 했고 그것을 행동으로 옮기는 작은 영웅이었다. 친구를 소중히 여기며 친구와의 우정을 가장 귀중한 인생의 자산으로 여기는 앤을 자신과 동일시하지 않은 그 시절 소녀들이 있을까?

우리에게 앤은 자신에게 일어나는 부당한 일을 온몸으로 맞서 투쟁하고 쟁취하는 멋진 롤모델이었다. 〈빨강머리 앤〉의 마릴라 아주머니, 린드 부인, 매튜 아저씨의 인류애에 공감했고, 스스로를 빨강머리 앤과 동일시하며 만화영화 키드는 그렇게 성장했다.

교실에서 말싸움이 일어나면 여자애들에게 주먹을 휘두르는 남자애들은 경멸의 대상이었다. 나와 논쟁이 붙자 주먹으로 나를 친 남학생에게 나도 같이 주먹을 휘둘렀다. 힘으로는 당연히 내가 밀렸다. 선생님께서 둘 다 불러 선빵을 날린 남학생을 더 혼내고 나도 혼을 내셨지만, 맞은 곳이 아픈데도 내가 주먹질을 되받아친 것에는 전혀 후회가 없었다.

여학생들은 남학생이 폭력을 행사하면 그냥 울면서 맞고만 있기 일쑤였다. 나는 그것이 정말 싫었다. 사실 여자가 남자에 비해 신체적으로 밀리는 건 어쩔 수 없지만, 그 신체적 물리력이 크게 차이 나기 직전인 초등학교 6학년 때 나는 작은 일탈을 했던 것이다. 이로써 앤이 자신을 놀리던 길버트를 석판으로 내리친 것에 대한 오마주를 완성한 듯싶었다.

페미니즘은 이런 것이 아니지만 어린 시절의 나는 남자아이들과 똑같이 행동하는 것이 평등이라고 생각한 듯하다. 인격이 성숙하지 못한 어린 시절의 흑역사다.

앤은 여성 인권에 대한 개념이 생기기 전의 시대에 태어났다. 앤을 가르친 선생님은 코르셋 착용을 거부하고, 스커트 대신 가끔 바지를 입고 자전거를 타고 다니며 시골에서 무수한 뒷말을 들었다. 여성도 고등교육을 받아야 한다고 생각하던 선생님은 '페미니스트'였다.

앤은 스테이시 선생님께 좋은 영향을 받았고, 스스로 인생을 개척하는 독립된 인간으로 성장했다. 나는 이런 여성들을 '생계형 페미니스트'라고 생각한다. 대단한 모토나 주장 없이 그저 자신의 인생을 남에게 의존하지 않고 살아가는 지금의 수많은 여성들에게 동지로서 박수를 보내며, 이전 시대의 여성들에게는 그녀들이 투쟁을 통해 얻어낸 것으로 우리 인생을 그나마 수월하게 살아갈 수 있음에 감사함을 전한다.

호기심 많고, 상상력이 뛰어나고, 항상 꿈을 꾸던 앤과 나는 그 꿈과 희망으로 유년 시절을 보냈다. 남에게 지기 싫어해 공부를 열심히 하고 음악을 사랑하던 소녀는, 집이 경제적으로 서서히 무너져 내려가는 가운데 더 가열하게 공부했다.

원하는 대학에 한 번에 합격하지 못하면 비용을 부모님이 감당할 수 없을 게 뻔했다. 나는 그 게임에서 수명이 딱 하나뿐이었다. 간절했고 또 간절했다. 그 간절함이 통했는지, 아니면 어린 시절부터 앤에게서 배운 용감함과 성실함 덕분이었는지 소설 속의 앤처럼 원하는 학교에 장학금을 받고 입학했다.

나는 앤처럼 살아왔지만, 그래도 앤처럼 평범하게 아이를 키우는 엄마가 되지는 않을 거라 막연히 기대했던 것 같다. 20대의 나는 큰 꿈을 꾸었지만, 결과적으로는 평범하게 한 남자와 사랑에 빠져 결혼을 했다. 건강한 두 남자아이의 엄마가 되었고, 일하면서 살림하고 밥해 먹이는 보편적인 아줌마의 삶을 선택했다.

가끔은 '모든 것을 뒤로하고 공부를 더 했으면 행복하지 않았을까?', 가지 않은 길에 대해 쓸쓸하고 씁쓸한 상상도 해보았다. 그러나 나이 마흔이 훌쩍 넘어서는 그런 후회도 하지 않게 되었다. 생업에 종사하면서 가정을 꾸려나가는 건 그것만으로도 힘들고 버거운 일이었다. 그래도 그때그때 내 심장을 뛰게 하는 일을 잘 찾아내어 살았다.

결혼 전까지는 제대로 밥도 못 짓던 내가 요리에 빠져 보고, 갓난아기를 하루하루 자라게 하는 일에 몰두하고, 때로는 학생들과 어울리는 오케스트라 지휘에 미치고, 내겐 새로운 도전이었던 첼로 레슨을 받으며 연습에 환장하고, 운동에 빠져 2년을 꼬박 집에서 혼자 케틀벨을 TV 앞에서 흔들어 대고, 국악에 빠져 민요 소리꾼들의 덕질을 하고, 생전 인연이 없을 것 같던 SNS를 시작하고, 하다 보니 재밌어서 더 열심히 하게 되고, 어느새 수많은 팔로워가 생기고, 마침내 출판사로부터 연락을 받아 이제는 정식으로 책의 원고를 쓰고 있는 이 흥미진진한 삶이라니….

"알아봐야 할 것이 있다는 것은 참으로 멋진 일 아네요? 제가 살아 있다는 사실이 기쁘게 느껴지거든요. 정말 재미있는 세상인 거죠. 만일 우리가 세상의 모든 일을 다 안다면 재미가 반도 안 될 거예요. 그렇죠? 그렇다면 상상할 거리가 하나도 없겠어요."

빨강머리 앤은 초록 지붕 집에 살러 오면서 매튜 아저씨에게 끊임없이 자신의 마음이 어떤지를 토로한다. 또 아름다운 하얀 사과나무 길을 지나며 그 광경에도 쉬지 않고 찬탄한다. 그때 앤의 말 중에서 가장 내 마음을 울린 말이다.

인생은 전혀 예측할 수 없고, 누구의 삶이든 때로는 즐겁고 또 때로는 괴로울 것이다. 우린 모두 종종 자신의 운명과 처지에 좌절하지만 그래도 호기심 가득한 눈망울을 가지고 살아간다면 평범한 인생도 우주에서 가장 반짝일 수 있으리라.

나는 앤에게서 어떤 상황에서도 흔들리지 않는 품위와 자존감, 자신감, 공감 능력 등이 개인의 평범함을 가장 비범하게 만들어준다는 것을 배웠다. 살림과 육아, 주방일, 가족과 함께하는 시간들, 그리고 내가 포기하지 않은 나의 일이 스스로를 지키고 이 우주를 지탱한다는 것을 알게 됐다. 나는 그것을 이 책에서 여러분과 나누고 싶었다. 앤이 내게 그래주었듯, 힘들 땐 언제든 편하게 찾을 수 있는 이웃집 친정 언니 같은 존재로 다가가고 싶었다.

그렇지만 그것이 전부는 아니다. 중년이 되어도 나는 여전히 꿈을 꾼다. 그 꿈이 망상일지라도. 배우고 싶은 것도 많고 새로운 일을 하는 것도 항상 재미있다. 아이들 교육도 중요하지만 내가 80세까지 무슨 일을 해야 재밌을까를 고민한다. 매년 이력서를 정리하고 새로운 것을 공부하며 계획을 세운다.

나이 마흔은 한참 전에 넘었지만, 나는 아직도 꿈을 꾼다. 나의 장래희망 칸은 여전히 비어 있다. 호기심 많고 모든 것이 궁금한 중년 아줌마의 머리는 여전히 빨강머리다.

알뜰한 당신

왜 엄마들은 그렇게 바리바리 들고 다니는가

"엄마! 무거운 것 들고 다니지 말고 그냥 배달시켜."

"배달시키려면 많이 사야 하는데 조금씩 사다 먹는 게 나아."

슈퍼마켓에서 배달을 시키면 될 텐데 엄마는 뭘 바리바리 들고 다니셨다. 무거운 걸 들고 다니는 게 안타까워 내가 성인이 된 후에는 대형마트에 장을 보러 같이 가곤 했다. 나도 사는 게 피곤하고 할 일이 태산 같아도 엄마랑 장 보는 시간은 꼭 따로 냈다. 남동생은 어리기도 했지만 이런 생각 자체를 안 하는 것처럼 보였다.

식구를 위해 무거운 쌀과 생수, 식재료를 사서 나르고 집 안에 들이는 일은 정말이지 엄마 혼자서는 하기 힘든 일이었다. 그래서 나는 더욱 엄마와 같이 장 보는 시간을 소중하게 여겼다.

나중에 남편이 된 남자친구도 이 일에 기꺼이 동참해 주었는데 이런 일련의 행동들은 결혼 생활을 건강하게 꾸려가는 데 큰 도움이 되었다.

시간이 흐르고 나도 엄마가 되었다. 어릴 때는 교육을 받고 직업을 가지면 집안일은 남에게 맡기고 살 수 있을 줄 알았다. 엄마보다 좋은 학교를 졸업해 그 잘난 인생을 살면, 나는 부자가 되어 이런 힘든 일은 안 하고 살 줄 알았다.

그렇지만 살림을 해보니 저절로 되는 일은 하나도 없었다. 단추가 떨어지면 다시 옷에 달고, 세탁물을 맡기고, 밥을 짓는 일들은 누군가가 반드시 신경 써야 했다. 그런 자질구레하지만 꼭 필요한 일은 숨 쉬는 것처럼 일상이 될 수밖에 없었다. 그런 일을 모두 아웃소싱할 수 있는 건 귀하디귀한 핏줄의 귀족 정도나 가능하려나?

맛있는 음식을 장만하기 위해 싱싱한 식재료를 구매하는 행위는 굉장한 즐거움이지만 힘든 노동이다. 대형마트에서는 5만 원 이상 장을 보면 집까지 배달해 주는데, 5만 원 채우기가 싫어서 그냥 들고 가겠다고 생각한다. 그렇게 장을 본 뒤 무겁거나 말거나 장바구니를 주렁주렁 엄마처럼 미련하게 들고 온다. 머리로는 다 알고 있다. 이것이야말로 정말 바보 같은 짓이라는 것을…. 하지만 멈출 수 없다.

'부자가 되면 나는 특급 호텔 뷔페에 가서 과일만 딱 한 접시 먹고 나올 거야!'라고 다짐하며 살았다. 그렇지만 나는 부자가 되어서도 이 장보기를 계속할 것 같다. 내 가족이 먹을 음식을 직접 고르는 즐거움을 포기할 수는 없을 것이다. 다만 그때는 백화점 식품관을 우아하게 돌며, 정물화에서 본 듯한 크고 좋은 과일과 채소를 가격에 상관없이 쇼핑하고 배달을 시키겠지만.

새로 이사 온 동네에는 백화점 식품관부터 대형마트까지 여러 곳의 장보기 옵션이 있다. 백화점 물건의 품질은 아주 좋았지만 가격이 너무 비싸게 느껴진다. 전에 살던 곳에서는 농협 하나로클럽에서 농축수산물을 구매했는데 품질에 비해 가격이 정말 좋았다.

엊그제는 마트에서 시금치 한 단에 3천 원 하는 것을 보고 살짝 부아가 났다. 청양고추도 조그마한 봉지에 3천 원이었다. 상품은 아주 매끄럽고 좋았지만 그 쌀쌀맞은 가격에 그냥 내려놓고 돌아섰다. 믿는 구석이 있어서 그랬다.

다음 날, 아들이 다니는 옛 동네의 치과에 방문했다. 병원에 주차한 뒤 우리 둘은 병원 인근 재래시장으로 나섰다. 아들은 시장통에서 파는 손칼국수를, 나는 손수제비를 한 그릇씩 먹었다. 구수한 멸치 향이 나는 뜨끈한 국물을 연거푸 마시니 배 속이 훈훈해진다. 아들과 나는 칼국수와 수제비를 조금씩 나누어 먹기도 하고 '겨울엔 역시 이게 제일 좋다'는 얘기도 나누면서 즐겁게 식사를 마쳤다.

아들은 치과에 들어가고 나는 시장 탐방에 나선다. 감자탕용 뼈를 살까, 한 솥 끓인 지 얼마 안 되었으니 다음에 하자, 그럼 된장국을 끓일까, 과일은 뭐가 남았더라…. 이런저런 생각을 하는데 똑 떨어진 파김치가 생각났다.

자주 가는 채소 가게에 혹시나 하고 들어갔더니 깔끔하고 영롱하게 다듬은 쪽파가 있다. 한 단에 5천 원! 가격도 좋다. 욕심을 내서 두 단을 샀다. 겨울에 단맛이 나는 섬초도 비닐봉지에 꽉꽉 담아 2천 원, 청양고추도 한 봉지에 2천 원. 신이 나서 장을 보았다. 식구들이 좋아하는 인절미, 팥 시루떡, 절편도 세 팩에 5천 원! 떡집 옆 만두 가게에서는 손칼국수 면을 파는데 그 쫄깃한 맛이 좋아 그것도 넉넉하게 샀다.

통통하게 속을 넣은 김밥과 떡볶이도 둘째를 위해 사고, 양손 무겁게 들고 주차장으로 가다 보니 딸기도 사고 싶다. 그런데 쪽파 두 단이 이미 무겁고 부피가 커서 들 손이 없다. 별수 없이 그건 동네에서 사야겠다고 지나친다. 마음 같아서는 꽈배기도 사고 고로케도 사고 닭강정에 반찬까지 시장을 털어 오고 싶지만. 대형마트처럼 카트가 없다는 게 서운하기도 하고 다행이기도 하다.

일주일에 세 번은 양손에 온갖 짐을 짊어지고 집으로 돌아오는 내게서 엄마의 모습이 겹친다. 그때 엄마 나이도 내 나이와 비슷했을 거다. 내게는 무거운 것 들고 다니지 말라는 딸은 없지만 짐을 들어주는 아들들이 있다. 별것 아닌 장 보는 행위에 왜 그리 에너지를 쏟는지 이해할 수 있는 나이가 되었다.

집에 와서도 장 본 물건들을 풀고 정리하느라 또 한참의 시간을 쏟는다. 그 와중에 집에서 기다린 둘째가 김밥과 떡볶이를 입에 가득 넣고 행복해한다. 엄마가 해준 김밥이 제일 맛있고 그 다음이 이 시장 김밥이라면서 싱글벙글. 퇴근하고 돌아온 떡보 남편도 떡을 먹으며 좋아한다. 시장에 다녀온 날은 각종 간식거리를 죄책감 없이 맘껏 즐기고 또 밥도 먹는 풀코스의 날이다.

쪽파를 두 단이나 샀더니 양이 너무 많아 파전 부쳐 먹으려고 한 줌 덜어놓는다. 깨끗하게 씻어 물기를 빼고 액젓에 절인다. 섬초에는 흙이 많아 꼼꼼히 씻어내고 살짝 숨만 죽도록 데친다. 소금과 참기름, 깨, 세 가지로만 양념을 해 무쳤는데 정말 달다. 기분 좋은 단맛에 웃음이 나온다. 저녁상을 치운 후 파김치용 찹쌀풀을 쑤고, 양파를 갈고 양념을 준비한다.

그래도 다듬어진 파를 사서 씻기만 하고 김치를 만들 수 있으니 좋은 세상이다. 파김치에 맛이 들면 곰탕을 한 솥 끓이리라 다짐한다. 뽀얀 국물에 만 밥을 한술 뜨고, 길게 찢은 파김치를 그 위에 얹어 먹어야지. 돼지고기를 맛있게 구워서 얹어 먹으면 그건 또 얼마나 맛있을까. 고소한 돼지기름에 알싸한 파김치가 섞여 입 안에서 폭죽처럼 맛이 폭발할 것이다. 아까 사 온 칼국수를 끓여 파김치와 함께 먹으면 또 얼마나 개운할까. 육수는 멸치로 할까, 사골로 할까…. 파김치로 연상되는 여러 음식 생각만으로도 배부르고 행복하다.

처음엔 그저 간단하게 찬거리를 사러 갔을 뿐인데, 떡을 보면 남편이 생각나고 김밥과 떡볶이를 보면 맛있게 먹을 식구들이 생각난다. 탐스러운 사과를 보면 둘째 아이가 생각이 나고, 호떡을 보면 큰아이가 떠오른다. 그래서 바리바리 양손 가득히

장을 보게 되는 그 마음, 장을 보는 사람의 마음은 이렇게 모두 같은 마음일 거다.

나는 두 손에 짐을 잔뜩 든 평범한 아줌마지만, 시장에서 돌아올 때 내 마음에는 여왕처럼 윤기가 흐른다. 분명 내 엄마도 그랬겠지.

로봇청소기는 사랑과 행복일지니

살림은 정성이 아니다 1

"유치원 버스 언제 오지? 시간이 벌써 이렇게 됐다고? 으악…. 늦었다, 얘들아! TV 끄고 얼른 가방 메고 소파 위로 장난감 좀 던져 놔. 우리 뛰어가야 돼!"

아침마다 전쟁이다. 직장에 출근하며 아이들을 어린이집과 유치원에 데려다줘야 하는 워킹맘은 청소도 빨래도 요리도 모두 전쟁이다. 로봇청소기로 청소를 하려면 바닥에 아무 물건이 없이 깨끗해야 한다. 큰아이는 내가 출근 준비를 하는 동안 장난감이나 책을 모조리 소파 위에 올려주었다.

퇴근 후의 집은 제2의 출근지였다. 현관문을 열고 내팽개쳐진 신발을 정리하면서 들어오는 것이 나의 출근 도장이었다. 바로 주방으로 직행해 싱크대에서 손을 씻고 밥부터 안치고 나면 본격적인 업무가 시작되는 셈이다.

다들 사람을 쓰라고 조언했다. 하지만 빈집에 가사도우미를 부르기도 신경이 쓰였고, 비용도 만만치 않았다. 내 대안은 로봇청소기와 식기세척기, 그리고 의류건조기까지 일명 '반려가전 3대장'이었다. 가사도우미 수당이 4시간 기준 55,000원 선이고 주 2회 도움을 받으면 월 440,000원이니 비용 면에서 로봇청소기, 식기세척기, 의류건조기를 집에 들이는 것이 훨씬 낫겠다는 생각이 들었다.

가사도우미분이 다녀간 날과 다음 날은 깨끗함이 유지되지만, 결국 또 내가 할 일이 당연히 생기기 때문에 가사에서 벗어날 수는 없다. 사람이 하는 일이니 도우미분의 역량에 따라 일의 완성도 또한 달라지니 그것도 스트레스다.

여러 가지 사항을 고려해 나는 최대한 기계의 도움을 받기로 했다. 그 기계들의 가격이 비싸다고? 그렇지 않다. 5년 넘게 사용 중인 중국산 샤오미 로봇청소기 1세대는 지금도 가격이 30만 원대 이하니 크게 부담은 없다. 우리 집은 식구가 많으니 식기세척기와 의류건조기는 대형 모델을 들였지만, 싱글이나 신혼부부는 구성원을 고려하여 적절한 용량을 택한다면 가격은 더 낮아진다.

이 가전들은 국내 대형 가전사의 제품도 좋지만, 가격이 만만치 않으므로 중소기업 제품 중에 사용자 평이 좋은 것을 추천한다. 물론 맞벌이에 식구 수가 많다면 지불 가능한 범위 내에서 가장 크고 좋은 것을 사는 것도 좋다. 렌탈 형식으로도 구입할 수 있으니 목돈을 들이지 않고 이 반려가전 3대장의 도움을 먼저 받을 수도 있다.

로봇청소기를 출근길에 돌리면 먼지 없는 집으로 귀가하니 기분이 좋아진다. 직장에서 앱으로 한 번 더 작동시키면 훨씬 더 깔끔하다. 어딘가에 걸려 멈추면 퇴근 후에 그곳부터 다시 청소기를 돌리면 된다. 실로 완벽하다. 밤에 아이들을 재운 후 소음이 없는 물걸레 청소기를 돌리면 내가 왕실의 귀족이 된 기분이다. 마당 쓸어주는 마당쇠를 거느리는 대갓집 마님이 된 기분이랄까.

아이들이 컵을 한 번만 쓰고 새것을 꺼내도, 식기세척기가 고온으로 살균 소독해주니 잔소리를 덜하게 된다. 예쁜 그릇에 음식을 담으면 설거지가 많이 나와 대충 담아 먹었는데 지금은 그런 걱정이 없다.

빨래는 세탁기가 해줘도 건조대에 너는 것은 사람이 해야 하고, 그건 무척 번거롭고 귀찮은 일이었다. 이젠 바로 건조기에 넣어 말리니 따스한 세탁물을 들고 와서 개기만 하면 오케이다. 그 따스하고 포근한 빨래가 곧 행복이 된다. 아이들이 수건 무더기에 얼굴을 묻고 행복해한다. “엄마, 수건이 따뜻해요.”

이 반려가전을 미덥지 않게 생각하는 사람들은 ‘로봇청소기는 구석구석 못 닦네, 식기세척기는 시간이 많이 걸리네, 건조기는 옷이 상하네….’ 불평하곤 하지만, 나는 퇴근하고 들어와 이들에게 다정한 말을 건네며 휴식을 즐긴다.

나는 부지런히 움직이는 청소기를 보며 인사한다. "안녕, 오늘도 고마워. 네가 내 말을 즉시 들어주는 유일한 가족이야!" 나를 위해, 내 수고로움 하나 없이 먼지를 가득 품은 그의 배 속을 보면 이것이 사랑임을 안다.

아이들도 엄마가 반려가전 3대장 중에서도 로봇청소기에게 애정을 듬뿍 주는 것을 잘 알고 있다.

"우리 집에서 엄마 말 듣는 건 청소기밖에 없대요. 우리 엄마는 청소기랑 말도 해요."

사랑은 상대가 필요한 일을 해주는 것이다. 반짝이는 보석도 화려한 옷도 이제는 지나간 연인 같은 것. 생활인으로서 어른에게 필요한 것은 집 안의 먼지를 모아둔 먼지통이다. 내 품을 팔지 않고 로봇이 스스로 채운 먼지통을 바라보면 그 뿌듯함은 이루 말할 수 없다.

그 안에 있는 아이의 레고 조각이 영롱하게 빛난다. 먼지통을 비우고 레고를 꺼내 아이에게 물로 씻으라고 건네준다. 아이는 잃어버렸다 찾은 레고를 보고 반가워한다. 동화 같은 풍경이다.

물론 잔소리와 협박은 잊지 않는다. 같은 일이 반복되면 더 이상 좋은 엄마는 없다. 다른 집은 이럴 때 쓰레기봉투가 나온다지만, 나는 김장용 초대형 비닐봉투를 들고 와서 장난감을 죄다 쓸어 넣는 퍼포먼스를 한 번씩 한다.

"다음부턴 그냥 버린다! 당장 정리해. 롸잇 나우!"

나의 아름다운 반려가전들이 없었다면

살림은 정성이 아니다 2

나는 직장에서 선후배들에게 좋은 가전제품을 장만하라고 권한다. 가사 노동에 능력치를 넘어서는 품을 들이지 말라고 당부한다.

나와 호흡이 맞는 가사도우미님을 찾는 일은 쉽지 않다. 그렇다고 주말에 쉬어야지 살림을 하루 종일 할 수도 없다. 맞벌이의 삶은 피곤하다. 몸이 지치면 말이 곱게 나오기 힘들고, 아이들을 돌보고 집안일 건사하다 보면 부부 싸움을 할 수밖에 없다. 내 몸이 피곤하고 집은 이미 쉼터가 아닌데 부부 관계도 좋기가 힘들다.

아이들에게는 짜증 내지 말아야 하는데, 몸이 피곤하면 생각처럼 그게 되나? 집 안을 정리하다 어린아이들이 우유라도 쏟으면 몸도 마음도 그냥 무너지기 쉽다. 부모님이라도 집에 오셔서 아이들 관리 감독을 해주시는 게 가장 좋겠지만, 그럴 여건이 되는 집이 얼마나 있겠는가. 그럴 때는 로봇 진공청소기, 로봇 물걸레 청소기, 식기세척기, 의류건조기만 장만해도 삶의 질이 달라진다.

그러니 피곤해 죽을 것 같은 몸을 하고 퇴근해서, 인상 찌푸리며 지저분한 방바닥부터 청소하지 말자. 로봇청소기에 의지하여 살자. 설거지는 왜 내 차지냐고 불평하지 말고 밥 먹고 대충 헹궈서 식기세척기에 맡겨버리자. 축축한 빨랫감 같은 몸으로 세탁기에서 꺼낸 빨래 널지 말고 건조기에 넣어버리자.

그래도 할 일이 많다. 아이들 숙제 챙겨야지, 준비물 챙겨야지, 학교에서 무슨 일 있었나, 친구들과는 잘 지내는지 물어봐야지, 어린 아가들이 발 디딜 틈 없이 늘어놓은 장난감 정리해야지, 내 일도 남편 일도 처리해야지…. 몸이 열두 개여도 모자란다.

이 수많은 일 중에 몇 가지는 말없이 도와주는 가전제품들에게 아웃소싱을 하자. 투자 대비 효과가 아주 좋다. 내가 "청소기 돌려줘."라고 말하면 "조금만 있다가 할게요." 같은 대꾸 없이 즉시 이행해 주는 로봇청소기와 사랑에 빠지지 않는 것은 불가능하다.

식기세척기는 주방의 과묵하고 든든한 집사다. 장만이 고단한 식사 후에는 그릇을 대충 헹궈서 도마, 냄비, 쟁반, 과도까지 식기세척기에 넣고 작동 버튼만 누르면 손으로는 씻기 어려운

고온의 물로 식기를 깨끗이 씻어준다. 세척 시간이 길면 어때? 내가 하는 것도 아닌데.

식기세척기는 물을 계속 공급하면서 세척하는 것이 아니라 오히려 물도 많이 쓰지 않는다. 세척이 끝나면 일부러 식기 건조 코스는 하지 않는다. 전기료가 많이 드니까.

세척 완료 시그널 후에 뚜껑을 열면 뜨거운 스팀이 나온다. 얼굴을 가까이 들이민다. 피부관리실이 별거냐, 아따, 촉촉하다. 유리컵은 반짝이고 식기에서는 윤이 난다. 내 마음도 얼굴도 촉촉해지며 광이 난다.

세탁실의 일당백, 건조기는 어떤가? 다들 날이 궂어서 빨래를 못 한 적도, 장마여서 빨래가 마르지 않아 냄새나는 옷을 입고 다닌 적도 많을 것이다. 나는 가끔 수건에서 냄새가 나면 모아두었다가 큰 들통에 삶았다. 삶는다고 끝이 아니었다. 무겁고 뜨거운 들통을 들고 세탁기에 수건을 옮겨 헹구고 탈수해서 널었다. 건조대에서 잘 말려야 냄새가 없어진다.

장마철에 이렇게 수건을 삶고 나면 집 안 습도가 더욱 올라가고 내 머리부터 옷까지 아주 푹 젖는다. 아이들 유치원복이 더러워지면 급히 세탁해야 하는데 퇴근 후에 밤이 깊어지면 널어도 햇빛이 없으니 세탁기를 돌릴 수도 없었다.

그때 만난 건조기는 정말이지 생활의 혁명이었다. 늦은 밤 퇴근한 뒤 세탁을 해도 걱정이 없다. 휴일 아침에 이불을 빨면 그날 낮잠을 잘 때도 덮고 잘 수 있다. 장마철에 선풍기 돌리고 에어컨 돌려가며 실내 건조를 하는 생활도 끝이었다.

우리 집은 수건을 40장씩 사서 쓰고 있었는데 세탁해서 바로 건조하니 20장만 있어도 회전이 잘 되었다. 젖은 빨랫감을 분류하며 널고, 거기서 떨어지는 먼지를 진공청소기로 치워야 하는 노동에서도 이제는 해방이다. 옛날 우리 엄마들이 냉장고를 샀을 때와 비교하면 비슷하려나? 생활의 패러다임이 바뀌는 순간이었다.

이 아름다운 반려가전들을 친정엄마와 시어머니에게 권했다. 빗자루와 쓰레받기로 청소를 하고, 빨래를 햇빛에 탁탁 털며 말리고, 마룻바닥을 윤이 나게 닦던 할머니와 엄마 세대는 이 기계들을 영 마뜩잖아 하신다. 사실 양가 어머니들은 내가 밖에서 하는 일이 남자들처럼 힘들다는 것을 알지 못하시는 듯하다. 여자가 하는 일은 그저 남자들의 보조 정도로 아신다.

그분들에게 전자 살림 도우미들을 강요하지 않지만 나는 이 기계들을 진심을 다해 사용한다. 그들은 내가 필요한 것을 아낌없이 베푼다. 내가 하는 말은 즉시 이행하고 토 달지 않으며 질문도 없다. 일하는 중간에 전화로 재촉하지도 않는다.

나는 이 기계들을 사랑한다. 살림에 힘을 쏟을 시간도, 에너지도 부족하기에 이 반려가전 3대장에게 나의 큰 사랑을 보낸다. 나는 여기서 그이들에게 애정을 고백하고 싶다.

너희들이 없었으면 남편도 나도 퇴근 후에 집안일 하다 지쳐 잠들었을 거야. 너희가 없었으면 난 밖에 나가서 마음껏 일하지 못했을 거야. 고맙고 사랑해. 너희는 나의 아름다운 반려가전들이었어. 앞으로도 많은 이들을 도와주고, 그들에게 무조건적인 사랑을 보여주길 바라.

큰소리 떵떵 치는 말의 효능이란

"내가 너의 세 배 이상을 벌어다 주마"

얼마 전, 남편이 데리고 있던 직원 환송회를 한다고 늦게 귀가했다. 중간에 늦는다며 연락을 하더니, "고액 연봉 받고 옮기는 후밴데, 잘해줘야지." 하고 농담을 한다. 집에 돌아온 남편에게 그 후배는 얼마나 고액 연봉을 받고 이직하는지 궁금한 속내를 비쳤다.

"벤처 캐피털 쪽으로 옮기면서 많이 받더라고."

"당신은 그런 제안 안 들어와?" (드디어 본심을 드러냄)

"나도 2년 전에 받았어. 당신한테 얘기했는데…."

"그래, 조건이 뭐였는데?"

이야기를 나눠 보니, 당시 연봉의 1.5배 정도 인상된 조건으로 제안을 받았고, 내게 일단 의논을 했단다. (중요한 일이 아니면 메모리를 밀어버리는 버릇이 있다. 가끔 중요한 일을 밀기도 한다.) 그때 내가 근무 조건을 물어보고 얼마나 다닐 수 있느냐고 물어서, 남편은 "그건 모르지."라고 답을 했단다. 야근도 많고 정년 보장도 되지 않는 조건이었다고.

그 이야기를 듣고, "아, 됐어! 내가 그 0.5 채워 주마."라고 말했다. 그랬더니 남편의 대답이 놀라웠다. 그가 "당신, 2년 전에도 똑같이 말했어."라고 말하는 것 아닌가. 밥 먹듯 야근하는 직장에 정년 보장도 안 되는 곳으로 남편을 밀어 넣느니, 내가 그까짓 거 채워 주마! 큰소리를 2년 전에도 쳤다는 것이다.

이번엔 "내가 너의 3배 이상 벌어다 주마!"라고 호언장담을 했다. 남편은 괜찮은 월급쟁이인데 내가 그의 세 배를 버는 일은 사실상 불가능에 가깝다. 하지만 남편은 언젠가 내가 큰 한 방을 터뜨릴 수 있다고 항상 응원한다. 그래서 커다란 한 방은 못 해도 잔잔하게, 끊이지 않게, 또 성실하게 벌고 있다. 내가 돈 버는 원동력은 사실 남편이 은근히 나를 조종하는 힘과 통하고 있는 건지도 모르겠다.

대학생 시절부터 남의 돈이 내 주머니로 오려면 겪어야 하는 피로감을 경험으로 알고 있었다. 과외를 시작으로 직장 생활을 거치며 최근의 계약직 강사까지, 갑을 관계도 아닌 갑을병정 중에 '정'쯤을 담당하는 일도 충분히 했다. 이러한 경험으로 나는 '나중에 남편이 돈 벌다 너무너무 괴로워하면 당당하게 때려치울 수 있게 해줘야지'라는 깜찍한 생각을 했었고, 지금도 부단히 노력하고 있다.

그러나 어디 인생이 계획대로 되던가. 남편과 비슷하게 벌려고 애썼지만 두 번의 출산과 육아는 내게 그다지 좋지 않은 노동환경에 머무르게 만들었다. 어쩌면 남편이 정말 힘들고 지칠 때, 그는 먹고사는 문제로 호기롭게 직장을 그만두지 못하고 거길 그냥 다녀야 할 수도 있다. 나도 마찬가지다. 아이들이 커나가고 지출이 늘어나니 살림도 바깥일도 뭐 하나 허술하게 할 수 없다. 적은 수입이라도 내가 버는 돈이 너무나 소중하다.

아이들은 아이들대로 부모가 애써서 버는 돈의 소중함을 알게 해주고 싶다. 그래서 나는 아이들이 누리는 그 모든 교육의 기회, 먹는 것, 입는 것이 엄마와 아빠의 노동으로 가능하다는 것을 자주 일러준다. 밖에서 가져오는 수입만이 노동의 대가가 아니라고 말해주고, 가정을 이루는 근간은 우리가 함께 집을 유지하는 데 들이는 그 크고 작은 노동들 덕택이라는 사실을 가르친다.

다행히도 아이들은 각자 자신의 방을 청소하고, 주 1회 재활용 쓰레기를 버리며, 엄마가 바쁠 때는 밥을 안치고 설거지도 하는 아이들로 자랐다. 이 정도만 해도 참 감사하다.

남편은 결혼 전에 내게 시즌별로 구두 하나와 옷 한 벌씩을 사주겠다고 장담했다. 지금 그는 기억이 안 난다는 말로 자신의 발언을 일축한다. 사실 그때 본인이 그러마 하고 다짐한 메일을 아직도 내가 갖고 있다.

오랜만에 무려 21년 전에 받은 메일을 찾아보니, 킹크랩도 먹고 싶을 때마다 사준다고 써 있다! 신발과 옷은 내가 알아서 사고 있고, 킹크랩은 너무 자주 먹고 싶으니 나의 양심에 입각하여 킹크랩은 삼겹살로 갈아타야겠다. 어쨌든 우리는 서로 속고 속이고, 나만 믿으라고 큰소리 떵떵 치고, 그렇듯 서로 배려하고 마취제를 주고받으며 한 가족으로 늙어가고 있나 보다.

부부의 세계

어느 아줌마의 고백

너, 아직 안 죽었구나

결혼 19년 차….

뜨겁게 사랑하고 그 결실이라 생각한 결혼. 결혼은 사랑의 끝이 아니라 인생의 또 다른 시작이었다. '우리의 뜨거움은 변치 않을 거야'라는 생각은 아이를 낳고 기르면서 먹고사느라 저 멀리 흔적도 없이 생각의 우선순위에서 밀려났다.

서로 대화가 끊이지 않았던 연애 5년과 아이 출산 전의 시간들. 얼마나 할 말이 많았는지 전화로도 모자라 쉬지 않고 메일을 주고받았던 시간들. 서로 무엇을 꿈꾸는지 최근 관심사가 무엇인지 시시콜콜 다 알던 시절. 잠들기 전, 침대에 같이 누워 '도

란도란 타임'이라는 시간을 갖고 하루를 나누던 시절.

아득하다.

지금도 코드는 잘 맞지만 이제는 서로가 일상이 되어버린 부부. 대화의 소재는 아이들로 한정되어 가고, 의견이 안 맞으면 투닥거리기 일쑤다. 집에서는 둘 다 목 늘어난 티셔츠를 입고 있으니 긴장감은 당연히 없고 편안함만 남았다.

가끔 친구들과 부부 동반으로 만나면 대화의 소재가 확장되는 즐거움이 있다. 어제 만난 친구들은 참 오랜만에 생긴 새 친구들이었다. 새로운 사람들을 만나니 남편도 조금은 다르게 보이는 것이 신기했다.

이들과 같이 대화하다 보니 '내 남편이 이런 생각을 하고 있구나, 이런 데에도 관심이 있었구나….' 하는 새로운 발견을 하게 되었다. 본인의 관심사를 설명할 때는 기억도 가물가물하던 청년 남편의 눈빛이 되살아났다.

이제는 확실한 중년의 외모를 가진 아재와 아줌마가 되었지만, 나 또한 마음 깊은 곳에서 무언가를 확인하고 싶었는지도 모르겠다.

'너 아직 안 죽었구나!'

사회생활의 달인

열두 살 딸이 있는 37세 이혼녀. 육아와 살림으로 인한 경력단절로 잘나가던 광고회사 카피라이터의 타이틀은 이제 쓸모가 없다. 고졸로 학벌을 낮춰 출판사의 업무지원팀에 겨우 재취업하는 이나영.

이 여인에게 최고의 베스트셀러 작가(33세, 이종석)와 업계 최고의 북디자이너(29세, 위하준)가 들이대는 상황. 2018년부터 2019년까지 방영된 드라마 〈로맨스는 별책부록〉의 내용이다.

드라마란 무엇인가? 경력단절 상태의 주부가 이혼으로 인해 어쩔 수 없이 사회에 나오지만, 먹고사는 일이 잘 안 풀려 벽에 부딪히면 마법처럼 일이 잘 풀린다. 일이 배배 꼬였을 때 키다리 아저씨처럼 그녀를 사랑하는 총각들이 나타나면 일도 사랑도 로맨틱, 성공적! 그것이 곧 이 세상 모든 아줌마들이 즐기는 판타지 드라마의 공식이다.

노트북으로 이 드라마를 보면서 "아무리 드라마라지만 너무하네. 리얼리티가 없어. 저 어리고 잘생긴 남자 둘이 동시에 저러는 게 말이 되냐고…. 하긴 이나영이면 가능하겠다." 하고 구시렁댔다. 그러자 회식하고 들어와 소파에 길게 드러누워 〈백종원의 골목식당〉을 보던 남편이 돌아보지도 않고 응수한다.

"이나영만 그럴 수 있는 거 아냐, 당신도 여전히 가능해."

짠하다. 사회생활 힘들구나. 먹고사는 게 고달프구나.

그의 등이 외로워 보인다.

말없이 지갑에서 5만 원권을 꺼내 그에게 내밀었다.

#집에서는맘대로해

#돈줄테니계속해

#나아직안죽었니

#너아직안죽었구나

부부의 세계

새댁 시절, 아는 언니들과 수다 떨다 남편의 바람에 관한 얘기가 나왔다. 나는 결혼 3년 차였고 아이가 없으니 둘이 재미나게 살고 있던 시절이었다.

두 언니들은 초등학생과 중학생 둘씩 키우는 베테랑 주부들이었고, 파트타임으로 일하며 가정 경제에도 이바지하는 멋진 여인들이었다.

언니들은 "남편의 외도, 도박 중에 뭐가 나쁘니?"라고 내게 물었다. 나는 당연히 외도가 더 나쁘다고 대답했다. 돈은 벌면 되지만 마음이 떠나는 건 참을 수 없다고.

언니들은 박장대소하며 "네가 아직 아줌마가 아니구나."라고 말했다.

나는 "결혼하면 아줌마죠!"라고 항변했으나, 언니들은 웃으며 이렇게 말했다. 외도하는 남편은 그놈만 버리면 깔끔하지만, 도박은 내 새끼 키울 돈까지 해먹을 테니 차라리 외도가 훨씬 낫다고.

당시엔 그 말을 잘 이해할 수 없었다.

그저 그런 불륜 드라마인 줄 알고 패스하려 했으나, 가까운 지인의 리뷰를 보고 시작한 드라마, 〈부부의 세계〉.

사실 극 중 남편이 바람피우는 것은 그렇게 열 받지 않았으나, 여주인공의 친구들이 그녀만 따돌리고 외도 상대녀와 여행을 간 것은 화가 많이 났다.

그런데 집을 담보로 대출을 받아 상대와 외도를 하고(여기까지는 아직 뚜껑이 덜 열림), 아들 명의의 변액보험을 해지했다는 대사에 완전히 뚜껑이 열렸다. 나는 소파에서 자고 있던 남편에게 다다다다 줄거리를 얘기하며 흥분했다. "미친 거 아냐? 집 잡혀서 데이트 비용 쓰고 논 것도 열 받는데 아들 보험을 해지해서 명품 가방을 사줘어어어?"

남편은 잠이 덜 깬 얼굴로 멍하게 나를 바라보더니, "나한테 왜 그래? 나는 아니야." 하며 다시 졸기 시작했다.

바람이 나면 났지 자식의 미래를 담보로 즐기다니! 드라마 남주를 능지처참하고 싶어졌다.

그때 16년 전 나눴던 언니들과의 대화가 떠올랐다.

와, 나 진짜 아줌마, 여편네가 되었구나.

딸이 '있어야 하는' 인생은 없다

의도치 않게 아들만 둘을 낳아 키우며 데리고 다니니 제일 많이 듣는 말은 '그래도 여자는 딸이 있어야지'다. 나이 든 할머니로부터 내 또래의 엄마들까지 이구동성으로 이야기하니, 왜 여자는 딸이 있어야만 하는가에 대한 의문을 가질 수밖에 없었다.

딸이 있어야 한다는 엄마들의 이야기를 정리해 보면 다음과 같다.

1. 딸만이 엄마 마음을 알아준다.
2. 딸은 키울 때 더 살갑고 귀엽다.
3. 딸만이 늙을수록 엄마의 친구가 되어준다. 아들은 남이다.
4. 딸이 있어야 집안의 대소사를 챙긴다. 아들, 며느리는 부담스러워한다.

5. 병들고 아플 때는 그저 딸이 있어야 엄마가 덜 힘들다.

많은 이유 중에서도 이 정도가 딸을 선호하는 가장 큰 이유들이다. 2번의 경우 아들들도 귀엽고 사랑스럽지만, 인형 놀이를 하듯 옷 입히고 꾸며주는 즐거움은 딸이 더 크다는 것은 알겠다.

나머지 이유들에 대해선 정말로 반발심이 들 수밖에 없다. 철저하게 부모 중심의 사고방식이기 때문이다. 부모는 자식에게 무한대의 사랑을 베푸는 존재이고, 자식은 그 사랑을 받는다. 그 자식이 나중에 부모가 되면 배운 대로 또 큰 사랑을 자녀에게 베푸는 것을 우리는 '내리사랑'이라고 한다. 그런데 딸에게 적용되는 존재 이유를 보면, 다들 '치사랑'으로 딸이 부모에게 보답하기를 바라고 있다.

여기서 딸의 의견을 묻는 사람은 아무도 없다. 저렇게 말하는 사람들에게 딸은 그저 태어나는 순간부터 부모를 기쁘게 하는 존재가 되어버린다. 세상의 모든 딸이 저렇지는 못할 텐데, 아들에게는 아무 기대가 없으면서 낳기도 전부터 딸에게 거는 기대는 원대하기만 하다.

아들만 셋인 집의 막내며느리가 된 나는 시어머니로부터 귀여움을 많이 받았다. 워낙 사람을 좋아하는 성격이라 아주머니들과도 스스럼없이 수다를 잘 떠는데 어머니는 그걸 참 좋아하셨다.

시어머니께서는 딸이 없어 그간 못 해준 것들을 내게 많이 해주셨다. 결혼할 때 함에 예물은 물론 인간문화재가 만든 목함에 반짇고리 일체를 장만해서 넣어주셨고, 예쁜 레이스 잠옷, 양산, 장갑, 지갑, 집 안에서 신을 덧신 등 친정엄마가 혼수에나 넣어줄 법한 예쁜 물건들을 잔뜩 넣어 보내셨다. 쿨한 내 친정엄마는 이 물건을 보시고 입이 떡 벌어졌다.

시어머니에게 이런 물건을 받는 며느리는 흔치 않다. 홀로 결혼을 준비하면서 이런 섬세한 배려를 받지 못했던 나는 그 세심한 마음에 진심으로 감사했다.

나도 친정엄마에게 예쁜 것들을 종종 사다 드렸으니 결혼하고 나서는 양가의 어머님들을 다 챙겨 드렸다. 시어머니는 사소한 소품이나 예쁜 옷을 보내드리면 '나도 딸 같은 며느리가 있다'고 참 좋아하셨다.

그렇지만 시어머니는 우리 윗세대 부부 관계의 전형을 따르셨다. 가부장적인 남편에 묵묵히 순종하며 화를 참고 삭이다 가끔씩 터뜨리기도 하셨는데, 그때마다 아들들은 엄마 편을 들지 않는다고 한탄하셨다. 가끔은 나를 붙잡고 "내가 딸이 없어서 이렇게 인생이 불행하고 서운하다."라고 하소연하셨다. "내가 딸이 있었으면 내 마음을 제일 잘 헤아려 주고 너희 시아버지와 나 사이에서 중재도 잘해주었을 텐데…. 집안 분위기도 훨씬 부드럽고 밝았을 텐데…."

새댁일 때는 그저 들어드리기만 했는데, 아이를 낳고 키우다 보니 나도 용기를 내었다. "어머니, 딸이 있다고 인생이 바뀌지 않아요. 자신의 인생은 자신이 만들어 가는 거예요. 어머니가 불행하다고 생각하는 삶에 딸이 있으면 그 딸도 같이 불행해지는 거예요. 남편과의 갈등은 스스로 해결해야지 딸이 그걸 어떻게 해결해 주나요. 그 딸도 자기 인생 살기 버거울 텐데 이런 사소한 감정 소모를 어떻게 다 받아주나요. 이 집에 있지도 않은 딸이 가여워집니다."

어머니는 내 눈을 들여다보시며 힘없이 "그래, 네 말이 다 맞다." 하셨지만 여전히 그 아쉬움이 느껴졌다. 딸이 없으니 그나마 살가운 며느리인 내게 하소연하시고, 은근히 며느리가 이 크고 작은 갈등을 해결해 주지 않을까 하는 기대가 있으셨을 테다.

하지만 나는 그 역할을 할 수 없었다. 딸로 살아온 인생을 돌이켜 보면, 부모님의 갈등을 지켜보고 엄마를 위로하는 몫은 내 차지였다. 엄마의 넋두리를 들어주는 것도, 아빠의 푸념을 들어주는 것도 딸인 나의 몫이었다. 어린 나는 어린이처럼 천진하지 못했고, 강한 책임감과 부채의식을 갖고 성장했다.

이런 딸의 역할이 며느리로 옮겨와 전혀 다른 분위기의 집안에서 쓰임을 요구받는다면, 내 결혼 생활에 위기가 될 것이 분명했다. 어머님이 서운하게 느끼셔도 할 수 없었다. 나의 거절은 단호하고 분명할 수밖에 없었다. 딸과 며느리는 성별이 여성인 가족일 뿐, 가정의 평화와 화목을 유지하는 도구가 아니므로.

가족 간에도 쉼표가 필요하다

어머니의 택배 상자를 받아들고

나의 친정어머니도 아버지와 다정한 사이는 아니었다. 부부 싸움을 하면 나는 엄마의 하소연을 들어주곤 했다. 그 하소연을 오랜 시간 동안 듣고 자라면서 엄마를 내가 구원해야겠다는 생각을 자연스레 하게 되었다.

조금 철이 들면서 나는 '딸은 살림 밑천'이라는 이야기를 듣고 자랐다. 살림 밑천답게 나는 몸이 부서져라 번 돈으로 혼자서 내가 혼수, 예단, 폐백 음식까지 스스로 준비했다. 보통은 결혼을 준비할 때 엄마들이 딸에게 뭐 하나 더 주지 못해서 마음 아파한다던데, 나의 친정엄마는 내 결혼 준비에 별 관심이 없었다. 나는 일에 치인 채 울면서 혼자 결혼을 준비했다. 그러면서도 나는 내가 번 돈을 결혼에 다 쓰지 말고 친정에 주고 와야 했나, 하는 죄책감에 시달렸다.

이렇게 경제적으로 독립이 되어 결혼해 보니 모르는 아주머니(시어머니)가 내게 옷과 귀금속을 사주고, 마트에 가서 장을 봐주는 게 너무 이상했다. 아니, 남이 왜 내게 물건을 사주지? 그 상황이 너무 낯설었지만 서서히 익숙해져 갔다. 친정과는 조금씩 정신적으로 분리를 시작했다. 많은 갈등이 있었지만 나도 숨쉬고 살아남아야 했다.

시어머니는 딸이라면 살갑고 무조건 자기 편을 들어주는 존재라고 알고 계셨다. 그래서 나는 그것이 얼마나 위험한 생각인지 말씀드렸다. 딸도 자기 생각이 있고, 엄마를 무조건 여자라고 지지하지 않는다고. 딸을 통해 남편과의 관계를 개선하려 하거나 본인의 뜻을 관철하려는 생각이 틀렸다고도 어머니께 말씀드렸다.

"그러니 어머니도 딸이 있었으면 정말 마음을 많이 다치셨을 거예요. 딸이 없어서 얼마나 다행이에요?" 어머니도 나의 냉정한 말에 내심 서운하셨겠지만, 그래도 내 뜻을 잘 받아주셨다. 이런 대화를 나눈 지도 이미 10년이 흘렀고, 어머니는 아직도 그 없는 딸에 대한 그리움을 종종 토로하신다.

나를 귀여워도 해주시고 나를 서운하게도 하신 시어머니는 어느덧 참 많이 늙으셨다. 새댁 시절, 나는 "찬밥은 너랑 나랑 먹어 치우자." 하시던 어머니께 "에이, 우리 다 같이 따순 밥 먹어요." 하면서 얼마 남지 않은 찬밥을 새 밥에 섞어버렸다. 어머니는 다시는 내게 찬밥 얘기를 꺼내지 않으셨다.

그건 며느리인 나를 미워해서가 아니라, 본인도 딸로서 그렇게 자라왔기에 만들어진 습관임을 안다. 항상 좋은 것은 아들 차지라는 교육을 받았고, 실제로 그런 대접을 받고 자란 어머니 세대들의 모습이다. 나는 어머니가 그 대접이 얼마나 차별적인가를 인지도 하지 못한 채, 자신의 양가 어머니에게는 감정의 쓰레기통 노릇까지 다 하고 사셨음을 안다.

나는 그 감정의 연결고리를 물려받고 싶지 않다. 나 스스로 끊어 내야 한다. 어머니도 기력이 달려 이제는 그전처럼 살뜰히 나를 챙겨주시지 못하고, 나도 아이들 키우랴, 일하랴, 정신없이 사느라 어머니를 챙기지 못했다. 시간은 자연스럽게 시어머니와 나를 분리해 주고, 평화로운 감정의 선을 그어 주었다.

며칠 전, 어머니로부터 택배 한 상자를 받고 주방 바닥에 앉아 풀면서 눈물이 나왔다.

코로나로 학교에 가지 못하는 아이들을 집에서 세끼 먹이는 게 보통 일이 아니라며, 전부터 어머니가 걱정을 많이 하셨다. 어머니는 그 마음을 담아 국산 고춧가루, 볶은 깨, 국물용 멸치, 국산 참기름 등의 양념과 함께 우리 집 남자들이 좋아하는 삼천포 쥐치포(이건 구하기도 힘든 국산 쥐치포. 진짜 맛있다.), 며느리가 좋아하는 (맥주 안주에 딱인) 말린 오징어를 잔뜩 보내셨다.

본인도 아들 셋을 키우면서 방학이 제일 무서웠는데 이 짓을 그렇게 오래 하고 있으니 네가 얼마나 힘드냐…. 이런 걱정을 하시며 실제로 음식 하는 나의 수고를 줄여주셨다. 어머니의 공감 능력에 너무도 감사했다. 식재료 하나하나에 걱정과 사랑을 담아 포장하고 부쳐주셨다는 것을 내가 잘 안다.

그렇지만 이 선물이 더욱 귀한 것은 어머니와 내가 물리적으로, 심리적으로 떨어져 있기 때문이다. 가까이 살고 주말마다 시간을 같이 보내면서 이런 선물을 받으면 그것은 더 이상 선물이 아니다.

아무리 사랑하는 가족이라도 내가 숨 쉴 수 없다면 거리를 두자. 그 숨 쉴 수 있는 거리가 나와 시어머니를 더 끈끈하게 연결해 줄 수 있었다. 우리는 서로에게 너무 '정성'을 다하지도 '순종'하지도 않았지만, 그렇기 때문에 나는 어머니를 더 깊이 사랑하고 존경할 수 있었다. 가족 간에도 쉼표가 필요한 이유가 여기에 있다.

행주치마에 돌을 나르던 여인들처럼

'82cook.com'의 멋진 언니들과 함께

엄마처럼 살지 않을 거야. 세상의 많은 딸들이 하는 다짐이다.

나는 남다른 인생을 살 거니까, 전기밥솥 한 번 눌러보지 않고 결혼이란 걸 했다. 그런데 부모에게서 독립해 보니, 사람은 '의·식·주'를 빼놓고는 어떤 일이든 할 수가 없다는 가장 기본적인 상식을 깨달았다.

당장 밥은 자취 생활 오래 한 신랑이 하고 밖에서 사 온 반찬으로 끼니를 대충 때워봤지만, 나는 곧 자괴감에 빠져들었다. 왕실의 가족이 아니고서야 인간이라면 누구나 본인이 먹을 음식을 마련하고, 의관을 정제하고, 잠자리를 마련해야 건강한 생을 이어나갈 수 있다는 걸 깨달았기 때문이다.

결혼 전부터 케이크, 쿠키 같은 디저트를 만드는 데 취미가 있었다. 밥은 달랐다. 밥 짓는 일은 생색도 나지 않고 매일 반복해야 하는 루틴인 데다 내가 죽을 때까지 끝나지 않는다는 무서운 전제가 있었다. 그래도 기왕 해야 하는 거라면 잘해보고 싶어서 요리책도 뒤적이고 요리 사이트도 기웃거렸다.

그때 만난 요리 사이트 '82cook.com'. 요리 잘하는 언니들이 글솜씨는 물론이고 사진 촬영 솜씨, 살림 솜씨들은 어찌나 훌륭한지 그곳을 매일매일 드나들지 않을 수 없었다. 그녀들이 남긴 레시피를 따라 해보고, 서로 감상을 나누고, 자유게시판에서 수다도 떨면서 나는 자연스레 '82 죽순이'가 되었다.

그녀들은 자신의 요리 정보도 나누고, 요즘은 제철 재료 중에 뭐가 좋고 저렴한지 가르쳐 주고, 임신 초기에 거리가 먼 시댁을 꼭 가야 하느냐고 물으면 임신부 상황을 고려하여 다양한 조언을 들려주기도 했다. 별로 친하지 않은 직장 동료가 결혼할 때 축의금은 얼마나 해야 하느냐고 물으면 여러 언니들이 구체적인 팁과 함께 해결책을 정리해 주었다. 그리고 시댁의 이상한 태도에 대해 고민하는 이에겐 화끈한 해결책을 알려주기도 했지만, 때때로 버릇없이 구는 며느리의 질문에는 눈물 쏙 빠지게 혼도 내주는, 그런 따스함이 있는 곳이었다.

이 언니들은 행주치마에 돌을 나르던 여인들의 후예답게 나라가 어지러우면 시위에 참여해 시민들에게 커피와 간식을 나누고, 언론 탄압을 받은 방송국이 파업하면 모금하여 밥차를 보내주는 여인들이었다.

몇 년 전, 가족도 없고 연고도 없는 젊은 애기 엄마가 남편이 암 수술을 받는데 병원을 알아보는 글을 올린 적이 있다. 그러자 여기저기 걱정해 주고 도움 주겠다는 분들이 생겨났다. 애기 엄마는 마음만 받겠다고, 그래도 다 같이 걱정해 주니 경과보고는 하겠다며 간간이 글을 올렸다.

얼마 지나지 않아 그이의 남편이 세상을 달리했다는 소식이 들렸다. 그러자 82에서는 모금 운동이 들불처럼 일어났고, 혹시 모를 일에 대비해 몇몇 회원분들이 빈소에 방문해 조문하고 애기 엄마에게 뜻을 전달하고, 확인도 했다. 사실 세상에는 못 믿을 일이 많으니까.

애기 엄마는 몇 번을 고사하다 우리의 정성을 받아주었고, 몇 분의 멋진 언니들이 총대를 멨다. 언니들은 그이를 위해 작은 방을 구해주고 그곳에 살림 일체를 넣어주셨다. 이 일은 일간지에도 실렸다. 요즘같이 각박한 세상에 얼마나 훈훈한 일인지 기사가 나고, 많은 분들이 82cook 사이트에 감사 인사를 남겼다.

오로지 내 가정, 내 안위, 내 집만을 걱정하며 사는 평범한 아줌마로 살던 나였다. 나는 행주치마를 입은 여인들처럼 이 사회 전면에 나서지는 못했지만, 그 후로도 친정 같은 82cook의 여러 모금에 참여하며 나의 속물근성을 면피했다. 고작 소액의 성금을 내면서 나도 이만하면 잘 살고 있다고 스스로를 위로하곤 했다. 그런 모금 행위는 남을 돕기보단 나를 돕는 행위였다.

잘 가요, 나의 마음속 친정 언니

개굴굴이 자스민을 추모하며

이 멋진 커뮤니티에서 만난 여인, 자스민.

이분의 레시피는 일단 간단하고 명료한데, 거기다 맛있다. 정말 맛있었다. 자스민은 그 엄청난 요리 내공뿐만 아니라 유머 감각 넘치고, 바지런하고, 강아지를 사랑하고, 자식을 정성껏 잘 기르는 나의 롤모델이었다. 이분이 전수하신 소불고기 레시피로 82쿡 회원들이 만든 고기를 늘어뜨리면 지구 100바퀴는 돌릴 정도였을 거다.

한국 거주 회원들뿐만 아니라 해외 거주 한인분들이 이 레시피를 정말 많이 활용했다. 친구들 대접하니 너무 좋아하더라, 아이들 생일 파티에 내놓으니 외국 아이들도 잘 먹더라, 한국 학교에서 하는 음식 파티에서 이걸로 칭찬을 많이 받았다…. 이런 후기들이 올라왔다.

나야말로 신혼 때 손님 치르면서, 아기가 태어나서 수유로 매운 음식 못 먹을 때, 큰애가 양념이 있는 고기를 먹기 시작할 때, 이 레시피에서 얼마나 큰 도움을 받았는지 모른다. 달큼 짭짤한 불고기로 아기 밥도 비벼주고, 고기도 먹여주고, 남은 국물에 당면이나 떡을 넣어 몇 끼를 해결했는지….

둘째 출산에 임박해서는 내가 조리원에 가 있는 동안 큰애와 남편 먹으라고 자스민표 불고기 10근을 냉동해 놓고 갔다. 그걸 갈무리해서 넣으며 출산하고 살아 돌아와 내가 이걸 먹을 수 있겠지, 했던 비장한 마음도 기억난다. 다른 요리도 이분께 온라인으로 전수를 받으며 친구들과도 모여서 얘기하고, 같이 해서 나눠 먹으며 다들 새댁에서 중년으로 나이를 먹어갔다.

2019년 초여름, 예전처럼 죽순이는 아니지만 그래도 하루에 두 번은 들르는 82cook에서 자스민 님의 부고를 들었다. 위암 1기인데 수술 후 약해진 체력에 감당을 못 하고 유명을 달리하셨다고 한다. 일면식도 없는 분의 부고에 눈물이 났다. 그분의 레시피로 힘든 육아 시절을 견뎌냈는데 너무 황망하고 가슴이 아팠다.

발인 날 아침, 아이들을 학교에 보내고, 검은 옷을 입고 장례식장으로 향했다. 참 이상도 하지. 생판 남의 장례식장에 가는 게 이렇게 자연스럽다니.

그분은 나를 모르지만 내 나름의 감사 인사를 드리고 싶었고, 진심으로 그분의 자녀들에게 감사 인사를 하고 싶었다. 너희들 엄마 덕에 내가 아이들 잘 키우고 살림 잘하게 되었다고. 너희 엄마는 정말 좋은 분이었다고. 그 말을 꼭 해주고 싶었다.

빈소에 들어서자 생각보다 훨씬 젊은 영정 사진에 왈칵 눈물이 났다. 자스민 님은 예전에 고3 따님이 입이 짧아, 급식 나오는 요새 세상에 아침마다 정성으로 도시락 싸는 일을 하며 '고느님' 시리즈를 연재한 적이 있다. 입시생인 고3 따님을 하느님처럼 섬겨서 '고느님'이라 불렀고, 그 시리즈는 82cook에서 대인기를 누렸다.

그 '고느님'의 주인공, 코스모스 같은 따님이 검은 상복을 입고 쓰러질 듯 절을 하는 모습에 나는 그만 아이같이 엉엉 울어버렸다. 어찌어찌 조문을 마치고, 어린 상주와 손을 잡고 좋은 어머님이셨다고, 준비해 간 말을 더듬더듬 겨우 마쳤다.

여자 나이 53세, 참 아까운 나이다. 아이 키우느라 정신없는 30대, 몸은 편해지나 자녀의 사춘기와 입시로 정신없는 40대를 지나 막내를 대학 보냈으니 이제는 큰 동요 없이 행복할 나이. 그 좋은 시절에 목숨 같은 아이들과 강아지를 두고 어찌 눈을 감았을까…. 거기 있는 82cook 아줌마들은 같은 마음으로 눈물을 쏟았으리라. 생각보다 단출한 가족이라 손님이 많지는 않았고, 그 반은 82cook 회원들로 채워졌다.

한 번도 오프 모임에 나가지 않았지만, 서로 82 회원임을 알아보고 빈소에 앉아 자스민 님과의 추억을 나누었다. 그때였다. 다들 준비되지 않은 죽음에 눈물이 그렁그렁한 채로 이야기를 나누다 작은 폭소가 터진 것은.

서로의 닉네임을 묻다가, "저는 개굴굴입니다."라고 아주 작게(장례식장에서 말하기는 창피하니) 말하자 다들 웃기 시작했고, "괜찮아요, 우리 남편은 여기서 무뻐 닭발이라고, 어제 다들 무뻐 님이라고 불렀어요."라는 어느 회원님의 말에 우리는 울다가 웃다가, 그렇게 빈소를 지키고 발인 예배를 같이 보았다.

우리는 자스민 님이 좋은 곳으로 가서 편안하시라고 기도를 드렸다. 그분을 운구차에 모시는 것을 보고, 회원님들과 인사를 나누고, 다음엔 좋은 데서 만나자 덕담하고 돌아섰다. 이제 장례식장을 나서면 나는 오늘도 식구들에게 줄 밥 걱정을 하겠지. 산 사람은 살아야 하니까. 그게 인생이겠지…. 그런 생각을 하면서 나는 자스민 님의 마지막을 지키고 돌아왔다.

자스민 언니, 오늘은 언니를 생각하면서 불고기 넉넉하게 잴게요. 전설 같은 마법의 주문 '간설파마후참깨!'(간장, 설탕, 파, 마늘, 후추, 참기름, 깨소금) 저도 다 외웠어요. 이젠 안 까먹고 혼자서도 잘할 수 있어요.

합주의 즐거움에 관하여

같이 하는 음악은 얼마나 신나는가?

어릴 때부터 음악을 좋아했다. 만화영화 주제가가 나오면 꿈꾸는 것처럼 좋았다. 네 살 때 석가모니도 아닌 것이 스스로 피아노 학원 문을 열고 들어갔다. 그곳에서 나는 소리가 천상의 소리 같았다.

너무 어려서 받아줄 수 없다는 학원 원장님의 만류에도 불구하고 나는 꿋꿋이 학원을 들락거렸다. 원장님은 미래의 고객을 소중히 여겨 학원 테이블에 앉아서 색칠 공부를 하게 해주셨다. 언니들이 치는 '크시코스의 우편마차', '소녀의 기도'를 정말로 좋아했다. 축혼 행진곡은 색칠 공부를 하다 말고 "언니! 한 번 더 쳐줘." 하는 곡이었다.

학원에서 듣는 모든 곡을 그야말로 스펀지처럼 흡수하고 외웠다. 그 기억력은 이제 학원에서 나를 작은 선생으로 만들기에 충분했다.

"언니, 거기 틀렸어. 음이 안 맞아!"

"언니, 거긴 그렇게 치는 거 아니야. 딴따다가 아니고 따안 따다야."

어린것이 정식 학생으로 등록도 안 하고선 따박따박 지적질을 하고 있으니, 언니들에게 등짝도 맞고 구박을 당한 후 쫓겨났다. 하지만 나는 칼을 갈며 여섯 살이 되자 학원에 당당하게 등록했다. 실력은 일취월장이었다.

그렇게 배우고 싶어 했으니 학원을 하루도 빠지지 않았으며 연습을 지칠 때까지 했다. 너무너무 재밌었다. 피아노 학원에 가는 그 시간이 너무 좋았다. 자연스레 음악은 내 전부가 되었고, 별다른 고민 없이 음대에 진학했다.

음악대학은 학비가 워낙 비싸서 부모님이 부담스러워하셨다. 나는 내 용돈이라도 손 벌리지 않으려고 부지런히 레슨을 다녔다. 나는 모든 아이들이 나처럼 피아노를, 작곡을 너무너무 배우고 싶어서 배우는 줄 알았다. 그런데 대부분의 아이들은 부모에게 등 떠밀려 배우느라 흥미가 없었다. 뭐가 문제일까? 어떻게 하면 재미를 느낄까?

대학 신입생 때 가입한 아마추어 오케스트라에서 음악이 전공인 아닌 학생들과 함께 연주할 기회가 있었다. 그때 나는 처음 '음악으로 어울려 노는 즐거움'을 느꼈다. 오케스트라를 하면서 합주의 매력에 흠뻑 빠져들었고, 합주하는 즐거움을 알게 된 나는 아이들에게도 그 맛을 보여주고 싶었다. 같이 하는 음악은 정말 신나고 즐거울 수밖에 없으니.

대학을 졸업하고 기관에서 아이들 피아노 그룹 수업을 하게 되었다. 독주 악기로만 인식했던 피아노를 그룹으로 레슨하며, 피아노도 합주가 가능하다는 것을 이때 알았다. 아이들은 피아노를 혼자 칠 때보다 훨씬 흥미로워했고 수업에 열심히 참여했다. 혼자서 한 가지 소리를 내는 것보다 친구들과 화음을 쌓고 소리를 주고받는 것이 얼마나 즐거운 일인지 일곱 살 아이들이 느끼고 터득한 것이다.

그 이후에 초등학교와 중학교 오케스트라에서 아이들을 지도하며 합주의 즐거움을 음악대학에서보다 더 크게 느끼게 되었다. 악기 연주에 아직은 미숙하고 힘들어하는 아이들이 오케스트라에 처음 들어오면 쉽게 적응하는 건 아니다. 본인 악기 연주하기도 힘든데 다른 파트와의 합을 생각해야 하니, 보통 처음 한 달은 그야말로 멘탈이 흔들린다.

그래서 첫 곡은 보통 아이들에게 익숙한 멜로디가 있는, 비교적 쉬운 곡으로 시작한다. 첫 연습에 자신의 연주와 다른 이들의 연주가 비슷하게 화음을 이루면 대부분의 아이들이 너무나 신기해한다. 특히 신입인 어린 학생들의 그 환한 표정은 내게 그 어떤 피로회복제보다 큰 즐거움을 준다.

음악 합주는 달리기처럼 처음부터 다 같이 출발하는 것이 아니다. 먼저 시작하는 파트가 있고 중간에 합류하다 먼저 빠지기도 하면서 단원들끼리 서로 소리를 주고받는다. 이 과정을 통해 아이들끼리 음악적 교감을 하게 된다. 지휘자는 단원들과 아이 컨택으로 사인을 주고받으면서 교감하고, 우린 곧 강력한 유대감을 느낄 수 있다.

내성적인 아이들은 오케스트라에 오면 어쩔 줄 몰라 하지만, 음악을 같이 하면서 말도 많이 하게 되고 즐거운 단체 생활을 하며 마음의 문을 열게 된다. 지나치게 발랄하거나 주의가 산만한 아이들은 남의 소리를 듣고 내 소리를 합하는 과정을 통해 배려를 배운다. 타인과 자신의 소리를 합하는 일은 고도의 집중력을 요하기 때문이다.

실력이 모자라는 아이들 때문에 연습이 지체되는 날도 있지만, 아이들은 친구들을 너그럽게 기다리는 법을 터득한다. 결국, 누구 하나 이탈하지 않고 다 함께 천천히 가야 목적지에 정확하게 도착한다는 것을 합주를 통해 자연스레 배운다. 아이들도 서로를 통해 배우지만 이 장난꾸러기들이 음악을 통해 얼마나 진지해지고 사려 깊어지는지를 보며 나도 많은 생각을 할 수 있었다. 사실, 내가 그들에게 더 많이 배웠다. 어려움을 헤친 후 마침내 다 같이 느끼는 희열은 우리를 동지로 만들어주었다.

어떤 것도 우리를 멈출 순 없다

준비된 지휘봉이 내려가고 음악이 시작되면

언젠가 6학년 남학생 중에 공부도 잘하고 성적에 많은 신경을 쓰며 예민해 보이는 아이가 있었다. 어린 친구들이 실수해서 연습 중에 끊으면 얼굴의 표정이 일그러졌다. 본인 악기의 실력도 탑은 아니지만, 합주하다 보니 욕심을 내는 것도 보였다.

3개월쯤 같이 연습해 보니 이 아이의 실력이 눈에 띄게 늘었는데, 더 좋은 변화는 다른 곳에서 생겨났다. 못하는 아이들 때문에 연습이 중단되고 그 부분을 다시 반복해서 연습해도 아이의 표정이 온화해진 것이다. 너무 고맙고 또 예뻤다. 우연히 만난 그 학생의 어머니는 내게 놀라운 말씀을 해주셨다.

"선생님, 우리 아이가 원래 바이올린을 좋아하기는 했는데 이렇게 연습을 열심히 한 적이 없어요. 초등학교 6년 만에 처음이에요."

“어머, 너무 기쁘네요. OO이가 처음 시작보다 실력이 많이 좋아졌어요. 그리고 굉장히 예민해 보였는데 지금은 성격도 많이 둥글둥글해졌어요. 그게 너무 예쁘네요.”

“맞아요! 집에 와서 엄마 아빠에게 말도 잘 안 하는 아이였는데, 유튜브로 지금 연습하는 곡을 같이 듣자고 하고, 우리에게 오케스트라 얘기도 많이 해줘요. 이번 생일 선물로는 바이올린을 좋은 것으로 바꿔 달라고 해서 애 아빠가 놀랐잖아요. 항상 게임을 사 달라고 하더니 바이올린이라니….”

합주의 힘은 놀랍다. 내가 잘해서 그런 것이 아니다. 같이 연주하다 보면 자연스럽게 생기는 변화들이다.

학생들을 이끌고 연습하면 힘들고 지칠 때가 많지만, 아이들이 나를 이끌어 주는 느낌도 받는다. 연습하면서 장난꾸러기 남학생들은 첼로를 연주하면서도 “배고파요!”를 연발한다. 하도 어이가 없어서 “너희들은 간식 먹으러 오케(오케스트라) 연습 오니?” 하면 당당하게 “네!!!” 한다. 나도 웃으면서 “나도 사실 간식 먹으러 왔어.” 한다.

연습 중간에 간식 시간이 오면 아이들은 출발 직전의 경주마처럼 드릉드릉 난리가 난다. 초등학생 오케스트라 지휘자는 사실 음악성보다 영도력이 더욱 필요하다.

“자, 3rd 바이올린(주로 3, 4학년 아이들)부터 일어납시다. 한 줄로 간식 먹으러 가요. 그다음은 2nd 바이올린, 다음은 목관, 타악기, 그다음은 1st 바이올린. 천천히 가세요. 남의 악기 치지 마세요. 첼로와 금관은 맨 마지막이에요. 악기는 제발 조심스럽게 내려놓으세요!"

악기 파손 사고는 간식 먹으러 뛰어가는 아이들 때문에 제일 많이 생긴다. 이 시간이 가장 위험한 시간이다. 고학년 언니들은 아이들 먹는 것을 챙겨주고, 간식이 좀 남겠다 싶으면 고학년 남학생들이 나서서 처리해 준다.

시끌시끌 잘 먹고 운동장에서 그새 공도 좀 차고, 땀범벅이 되어서 다시 연습을 시작한다. 아이들 표정이 한결 좋다. 일주일에 세 시간, 나와 이렇게 연습하고 연주가 임박해서는 일주일에 서너 번이 기본이다. 마지막에는 매일 다 같이 모여 아침저녁으로 연습한다. 이쯤 되면 아이들은 나를 엄마보다 더 자주 만나고, 나도 우리 아이들보다 더 많이 학생들을 만나는 느낌이다.

겨울 아침, 아직 해도 다 뜨지 않아 어둑어둑한 등굣길에 첼로를 들고 뛰어가는 아이들을 보면 참 사랑스럽다. 아침 연습에 늦을까 봐 악기를 들고 뛰는 아이들 덕에 내 마음이 따스해진다. 같이 하는 연습에 한두 명이 늦으면 너무나 민폐라는 것을 몸으로 익힌 아이들은 누가 시키지 않아도 악기를 들고 연습실로 달리기를 한다. 1년간 연습하며 아이들의 키도 마음도 쑥쑥 자란다.

그렇게 우리들의 연습 시간이 다 끝났다. 마지막 리허설이 끝나고, 컴컴한 무대에 낮은 조명이 올라가면 이제 아이들이 입장한다. 지휘자는 영광스럽게도 마지막에 입장하며 박수를 받는다.

나는 천천히 지휘대에 올라선다. 무대의 조명이 환하게 켜진다. 아이들을 한 번씩 둘러본다. 엄마 미소와 눈짓으로 '우리 잘해보자'라는 사인을 한 명 한 명에게 보낸다. 아이들은 긴장했지만, 지휘자가 웃으며 쳐다보면 모두 표정이 풀어지며 밝아진다. 나는 그 풀어짐과 밝음을 바라보고 싱긋 웃는다.

호흡을 들이마시고 참는다. 허공에 준비된 지휘봉이 내려가며 음악이 시작된다. 이제 그 어떤 것도 우리를 멈출 수 없다.

가족은
나의 힘

2부

순종은 내 취향이 아니다 (상)

어린 시절 교회의 풍경

나의 할아버지는 일제 강점기에 일본에서 유학했다. 그는 신학교에 들어가 목사님이 되셨다. 당시 일본 정부는 한국 기독교계의 목사님들에게 신사참배를 요구했다. 할아버지는 몇몇 목사님들과 분연히 일어나 신사참배를 거부하셨고, 그 결과로 힘겨운 옥살이를 하셨다.

일본의 민속신앙인 사원에 가서 참배를 하라는 것은 할아버지의 신앙을 정면으로 부인하는 것이었다. 그는 오직 유일신인 하나님에게만 예배했다. 할아버지에게 신앙은 목숨을 걸고 지키는 신념이었다.

몇 년 전, 서대문 형무소에서 우리 선조들이 실제 옥살이하던 곳을 보고서 나는 할아버지의 신앙심에 가슴 아팠다. 나라면 할 수 있었을까? 자신이 없었다. 할아버지는 그런 목숨 같은 신앙을 가족들에게도 전하셨다. 장남이었던 우리 아버지를 포함한 4형제는 결혼한 뒤에도 아이들을 데리고 주일마다 할아버지의 교회에 출석했다.

어린 시절부터 일요일은 내게 주일이었다. 남들은 여행을 가고 소풍을 간다는 사실도 몰랐다. 그저 교회에 모여 주일학교에 참석하고, 어른들이 예배를 드리면 사촌들과 교회 마당에서 놀다 다 같이 교회 식당에서 점심을 먹었다.

교회에서는 손이 많이 가는 밥 대신 국수를 대접했다. 교인들이 예배를 마치고 바로 식사를 할 수 있게 하려면 그 과정이 만만한 게 아니었다. 누군가는 아침부터 큰 솥 두 개 중 한 솥에는 멸치 육수를 내고, 또 한 솥에는 물을 끓여 국수를 삶을 수 있게 준비해야 했다.

그래서 예배 종료 30분 전에는 당번 여자 집사님들이 식당에 내려와 육수 간을 보고, 김치를 썰고, 양념장을 만드는 등 본격적인 식사 준비를 했다. 예배가 끝난 후 식사를 하려고 줄을 서면, 어린아이들과 연로한 신도들은 당연히 부모나 나 같은 청소년들이 챙기곤 했다.

그런데 60대에 접어든 남자 장로님들은 대부분 다 앉아 계셨다. 그분들에게는 그 또래의 나이 든 권사님들이 식사를 챙겨서 가져다주셨다. 그건 어린 내가 보기에도 참 부자연스러웠다. 같은 사람인데 남자는 앉아서 식사를 대접받고, 왜 여자는 아침부터 식사 준비를 해야 하는가. 우리 엄마를 포함한 여자 집사님들은 왜 그 소중한 예배를 끝까지 마치지 못하고 이렇게 힘든 일을 돌아가며 하는가.

교회 업무 분장표를 보면(어린아이가 그걸 왜 봤는지는 모르겠다만, 아무튼 주보에서 확인할 수 있었다), 식사 준비 업무는 전부 여성으로만 이루어져 있었다. 어린 나이에도 나는 이 점이 상당히 불만이었다. 나의 불만을 엄마에게 이야기해 보았지만, 엄마에게서는 "원래 그렇게 하는 거야."라는 대답만 돌아왔다.

이 불평등함은 내게 많은 생각을 하게 했다. 교회에서 이루어지는 모든 행사와 의식에는 항상 남성이 주도적이었다. 여성 목사님은 당연히 없었고, 목사 안수를 받기 전 신학교를 졸업한 전도사님도 전부 남자였다.

우리 교회에는 여자 전도사님이 계셨는데, 그분은 목사 안수 전에 수련으로 하는 직분을 맡은 것이 아니었다. 교회 살림을 맡아 헌금이나 성미(誠米, 쌀로 헌금을 대신하는 것)를 관리하고, 교인들을 지역별 구역으로 나누어 가정에서 평일에 모여 다 같이 예배를 드리게 하는 업무를 맡고 계셨다. 같은 '전도사'라는 이름을 달면서 업무는 성별로 분리되는 것이 어린 내 눈에도 부자연스럽게 보였다.

그렇지만 교회에서 나는 무럭무럭 성장했다. 아직은 순종이 나를 길러준 시절이었다. 어린 시절부터 교회를 놀이터 삼아 드나들면서 피아노 반주도 자연스럽게 하게 되었다. 교회에서의 피아노 반주는 악보 보는 실력을 엄청나게 늘려준다.

보통 예배 안내문인 주보에 그날 부를 찬송가가 적혀 있으니 예배 전에 미리 훑어보고 준비하면 된다. 그렇지만 가끔 목사님이 설교 후에 예정에 없던 찬송가를 부르자고 하실 때가 있고, 그러면 등에 땀이 주르륵 난다.

떨리는 손으로 악보를 찾아 박자와 빠르기를 보고 속으로 비트를 센다. 조성을 보고 샵이나 플랫이 몇 개 있는지 보면서 어디서 전주를 시작해야 할지 빠르게 훑는다. 보통 끝의 네 마디 정도가 전주로 적당하나, 어떤 곡은 끝이 엔딩이 아닌 곡이 있어서 빠른 판단을 하며 악보를 짜깁기해야 한다.

이 준비 과정에 허용되는 시간은 보통 10초 정도! 처음엔 시간을 넘겨 제대로 못 치는 일도 많았지만 이런 일이 계속되다 보니 나의 초견(初見, 악보를 처음 보고 바로 연주하는 것) 실력은 더없이 좋아졌다. 그렇게 교회에서 나는 음악성을 기르며 성장했고, 중학생이 되어서도 나의 반주는 계속되었다.

공부하느라 바쁜 학창 시절에도 주일에는 온전히 종일 교회에서 피아노 치고, 찬양하고, 친구들과 교제하며 스트레스를 풀었다. 교회는 내 음악의 세계를 열어주고 확장하는 즐거운 놀이터였다.

순종은 내 취향이 아니다 (하)

생각이 많으면 사는 게 불편해진다고?

사춘기가 시작되면서 언니들과 어울리고 교회 다니는 '재미'를 알게 되었다. 모여서 과자 사 먹으며 성경 공부를 하고 수다 떠는 건전한 일상이었지만 자매처럼 참 즐겁게 지냈다. 그중 한 고등학생 언니는 똑똑하고 리더십이 있으며 성경에 대한 지식이 해박했다. 우리 주변의 많은 여학생들이 그 언니를 좋아하고 잘 따랐다.

중·고등부는 학생회장을 매년 선출했다. 이제까지는 리더십이 있는 오빠들이 항상 회장을 맡았다. 그런데 그해는 달랐다. 고등부 회장을 할 만한 남자 중에 그 언니만큼 똑똑하거나 교회를 열심히 출석하는 사람이 없었다. '그 언니가 회장이 되었으면….' 하는 생각을 자연스레 하게 되었고, 내 주변 친구들도 그 언니를 지지했다.

당시 중·고등부를 지도하시던 전도사님에게도 말씀드리니 전도사님은 교단의 회칙을 알려주셨다. 정확한 내용은 기억나지 않지만, 회장에 입후보할 자격은 '교회에 6개월 이상 출석한 세례 교인인 남성'으로 제한되어 있었다. 전도사님은 그 언니의 성품이나 리더십을 잘 알고 있어 안타까워했지만, 결론적으로 여학생은 회장 선거에 출마할 수 없다고 하셨다.

그 언니도 감당하기 힘들었겠지만 나는 도저히 내 상식과 머리로 이해할 수 없었다. 하나님은 아담의 갈비뼈를 취해 이브를 만들었지만, 이브가 그에 종속된 관계는 아니었다. 하나님은 병든 자와 가난한 자, 창녀와 아이들을 사랑하셨는데 여성이 이런 식으로 무시되어도 좋은가! 이 회칙은 하나님의 것이 아니라 인간의 것이 아닌가!

나는 분노했다. 이 문제로 교회 안에서 중·고등부를 지도하시는 장로님과도 부딪혀 상담 시간을 갖기도 했다. 그때 그 장로님께서는 "너는 왜 하나님의 성경 말씀 안에서 순종하지 않는가, 너는 믿음이 부족하다."라며 기도로 나를 불쌍히 여기셨다.

나의 신앙이 무너지는데 그 책임을 온전히 개인적인 신앙심과 불복종으로 몰아가는 것을 나는 참을 수 없었다. 중·고등부 회장은 결국 교회에 6개월 출석을 간신히 채우고 성경 말씀은 잘 모르는 남학생이 되었다. 사실 교회의 출석 기간은 문제가 되지 않는다고 보았다. 그 사람이 얼마나 사명감을 갖고 준비되었는가가 회장의 자격이라고 생각했는데, 교회에서는 성별을 기본적인 자격으로 보았다. 나는 교회의 어르신들과 트러블을 일으키고 한동안 그렇게나 즐겁게 출석하던 교회에 나가지 않았다.

교회 어른들도, 나를 걱정하는 엄마도 내게 하는 말씀은 같았다. "순종하라."

나는 순종할 수 없었다. 도저히 그럴 수 없었다. 다른 아이들은 속상한 대로 그렇게 끄덕이며 교회를 나가는데 왜 나는 그러질 못하나, 내 성격에 문제가 있나 고민을 거듭했지만 내 마음은 한결같았다. 나는 내 신념과 다른 것에 순종할 수 없는 아이였다.

오랫동안 많이 생각하고, 많이 고민했다. 대학교에서도 부당함을 참지 못하면 불만을 제기했고, 아르바이트로 하는 과외에서 월급을 떼먹히면 참지 않았다.

직장에서도 마찬가지였다. 예전에 다닌 작은 회사에서는 근로계약서도 없이 근무 조건이 구두로 뒤바뀌는 부조리에 나름의 항거를 하고 뛰쳐나왔다. 내 뒤에 들어오는 사람들에게는 이런 부당한 일이 생기지 않으리라 기대하며, 대표이사에게 내가 당한 부조리를 요약, 정리해서 문서를 남겼다. 그는 전화로 내게 악담을 퍼부어댔지만 나는 조목조목 반박했다. 일할계산으로 급여를 주고 끝내려던 회사는 내게 구두로 약속했던 수당과 한 달치 급여를 바로 입금했다.

미션 스쿨에서 강사를 할 때는 '강사료 없이 봉사하라'는 말에 감히 이의를 제기했다. 나는 당시 담당 교사로부터 "돈 얘기를 하는 강사는 당신이 처음이다."라는 말을 들었다. 그 말도 꺼내지 못하고 삼켰을 수많은 시간강사들을 생각하니 목이 메었다.

결국, 그 돈은 강사료 대신 이상한 명목으로 내 통장에 입금되었다. 당연히 받아야 할 노동의 대가를 '어떻게 이 말을 갑이 기분 나쁘지 않게 전달하나'라는 생각을 하며 왜 떨리는 맘으로 말해야 하는가. 거기다가 그 정당한 대가를 요구하면 왜 돈이나 밝히는 강사로 비난받아야 하는가. 그 과정이 더럽고 싫으니 다들 피하고 살았던 것이다.

나는 내 생각을 바로 행동으로 옮기는 용감한 투사는 아니었지만, 숙고를 거듭한 뒤 내 입장을 알렸다. 내 입장이 정당하다면 발언하는 일을 주저하거나 피하지 않았다. 관철이 안 되더라도 조금씩 행동했다. 세상을 바꾸는 투사의 그릇은 못 되더라도 내 후배가, 내 자녀가 살 세상은 조금이라도 덜 부조리했으면 했다.

영화 〈자산어보〉에서 정약전은 물고기에 관한 책을 쓴다. 흑산도에서 만난 어부 제자 창대는 정약전에게 "스승님은 왜 아우이신 정약용 선생처럼 목민심서 같은 목민관이 가져야 할 마음가짐에 관한 좋은 책을 쓰지 않고 실용서인 『자산어보』를 쓰시느냐?"라는 질문을 한다.

이에 정약전은 대답한다. "내가 꿈꾸는 세상은 양반도 임금도 필요 없고 만민 모두가 평등한 세상이다. 그런 내 생각을 담은 책을 쓸 수 없으니 물고기에 관한 책을 쓰는 것이다."

영화를 보면서 나는 머리를 맞은 듯한 충격을 받았다. 그 시대를 살면서 임금이 없는 세상을 말하는 것 자체가 바로 역모다. 높은 신분에 물려받은 자산도 있는 기득권층인 정약전은 어떻게 저런 생각을 할 수 있었을까. 양반이야말로 아무 생각 없이 살면 너무나 편하게 인생을 살 수 있는 계층인데 평등한 수평의 사회를 꿈꾸다니…. 생각이 많으면 인생이 불편할 수밖에 없구나.

어떠한 심상한 현상이나 일도 그냥 지나치지 못하고, 눈에 띄고, 거슬리는 것이 생기는 사람은 그렇게 인생을 살아야 한다. 이런 불편을 감수하고 사는 사람들 덕분에 세상은 아주 조금씩 좋은 방향으로 나아간다고 믿는다. 물론 나는 정약전처럼 똑똑하지도 않고 독립운동가처럼 목숨을 거는 투지도 없다. 나는 그저 평범한 아줌마지만, 내가 하는 작은 생각과 작은 행동이 우리 아이들이 살아가는 데 조금이라도 변화를 가져와 주길 바란다.

순종할 수 없는 아이는 순종할 수 없는 어른으로 자랐다. 이 아이는 하늘에서 떨어진 것이 아니었다. 할아버지, 나의 할아버지가 물려주신 피가 내 몸에 흐른다.

시어머니와 철없는 며느리의 9박 10일 여행

나의 시어머니 이야기 1

아들만 셋을 낳고 키우신 어머니는 딸에 대한 로망이 아주 크셨다. 딸들은 다 예쁘고 엄마 마음을 다 알아주며, 남편과 갈등이 생겼을 때 여자의 마음을 읽어 엄마 편을 들어줄 거라는 생각을 갖고 계셨다.

집안 분위기가 좋지 않으면 애교로 분위기를 화사하게 만드는 것이 딸일 거라는 생각을 하셨고, 며느리에게도 그런 기대를 품으신 듯했다. 하지만 앞에서 적었듯 나는 그런 딸도 아니었고, 그런 며느리도 될 수가 없었다.

우리 시어머니는 보통의 시어머니였고, 경남권에서 태어나 평생 남존여비의 교육을 받고 자라셨다. 그래서 처음에는 이런 미친 며느리가 있나, 하는 눈빛을 내게 마구 발사했다. 결국은 그러려니 하시며 서로 익숙해졌지만.

시댁은 부산에 있고, 우리 집은 서울이었다. 나이도 세대도 차이 나고 일단 고부간의 통화가 편안하긴 쉽지 않으니 전화를 자주 하지는 못했다. 그래도 어머니가 트인 분이시고 나도 수다가 특기라 한번 통화하면 아주 재미나게 수다를 떨곤 했다. 우린 그렇게 조금씩 가까워졌다.

시어머니는 내가 새댁일 때부터 철없고 살림도 하나도 못하던 나를 참 귀여워하셨다. 그 엄청난 사랑으로 시어머니께서는 나를 9박 10일 해외여행에 데려가 주셨다. 그 여행은 어머니의 계 모임에서 친구분 열두 분과 가시는 것이었다.

이 소식을 듣자 친정엄마까지 나를 뜯어말렸다. 시어머니가 친구들과 떠나는 계 모임 여행에 동행하다니 네가 제정신이냐고. 시어머니 친구분들이 너를 도마 위에 올려놓은 생선처럼 품평할 것이고, 행동 하나하나가 다 조심스러울 텐데 거기를 왜 가냐고 엄마는 나를 구박했다.

여행지는 앙코르와트와 하롱베이었는데 거길 왜 안 가? 공짠데!

친정엄마의 만류에도 룰루랄라 여행을 떠났다. 여행이 어땠느냐고? 너무너무 즐거웠다! 아무 생각 없는 나는 어머니 친구분들이랑 수다도 떨고, 간식도 나눠 먹고, 출국 전 면세점에서 나의 젊은 감각으로 그분들이 살 가방도 골라드렸다. 현지 공항에서 비행기를 갈아타느라 대기 시간이 길어지자 몸이 찌뿌둥해지신 어른들께 요가도 가르쳐 드렸다.

앙코르와트의 호텔은 참 좋았는데 어머님들이 고른 여행 상품이 상당히 럭셔리한 상품이었다. '이걸 내가 돈 주고 가면 얼마야?' 하는 생각에 더 기분이 좋았다. 첫 식사를 작은 숲속 키 작은 나무 아래 고즈넉한 야외 테이블에서 했는데, 촛불이 켜져 있어 분위기가 너무 아름다웠다.

그날 먹은 음식들은 현지 향신료를 많이 줄였지만, 어머니들은 그 향에 익숙하지 않으신지 공수해 오신 여러 가지 밑반찬들을 꺼내 놓으셨다. 어머니 친구 한 분이 내게 콩잎으로 만든 장아찌를 주시며 굳이 볶음밥을 싸서 먹으라고 권하셨다.

먹어 보니 물에 젖은 낙엽 같은 질감이어서 어색하게 웃으며 맛있다고 했다. 어머니 친구분들은 "서울 아가 콩잎도 잘 먹는다." 하시며 아주 좋아하셨다. 삭힌 콩잎은 마니아들이 많은 반찬인데, 나는 여전히 그 맛을 알지 못한다. 그래도 그날의 좋은 기억은 잘 간직하고 있다.

밤에는 야시장 가서 예쁜 기념품도 골라드리고, 어머니들을 모아 여러 개 사면서 흥정도 잘해 칭찬도 받았다. 같이 맥주도 마시고, 현지 음식도 야무지게 잘 먹고, 수영도 같이 하고, 노래방 가서 노래도 신나게 불렀다. 나는 '억지로'가 아니라 '진심으로' 그 여행을 즐겼다.

식사하실 때는 다들 소화가 잘 안되시는지 고기 종류를 많이 남기셨다. 그러다 처음부터 아예 내게 몰아주시면서 내가 그걸 다 먹으면 얼마나 좋아하시던지 정말 즐거운 맘으로 그걸 맛있게 다~ 먹고 말았다. 그 긴 여행 기간 동안 포동포동하게 살이 찌니

모두 나를 더 귀여워하셨다. 나는 그처럼 즐겁게 사육을 당했다

열흘간 산으로 강으로 바다로 같이 여행하면서 나이 드신 어머니들을 지켜보았다. 그이들은 얼굴과 신체만 나이가 들었을 뿐 노시는 모습을 보면 나와 내 친구들이랑 별반 차이가 없었다. 항상 웃고 떠들며 수다를 떠는 모습은 20대나 60대나 크게 다를 바가 없었다.

앙코르와트 유적의 가파른 계단을 오르고 정상에서 아름다운 풍광을 바라보다 내려오는 길이었다. 계단이 얼마나 좁고 가파르고 높은지 아찔했다. 너무 무서워서 나는 나중에 가겠다고 하며 어머님들이 먼저 내려가시는 모습을 바라봤는데, 그분들은 운동으로 단련되어 금세 잘 내려가셨다.

나는 겁도 많이 나고 온몸이 긴장되어서 덜덜 떨며 내려왔더니 다리에 쥐가 나서 여행 내내 불편했다. 나이는 20대로 그 여행 팀에서 가장 어렸는데 몸은 이 모양이라 놀림도 많이 받았다. 그래도 절뚝이며 걷는 나를 많이 배려해 주시고, 마사지샵에도 같이 가서 내 근육을 잘 풀어달라는 부탁도 해주셨다.

하롱베이의 아름다운 풍경을 배 위에서 보고 있는데 진주를 파는 상인이 어머니들에게 호객을 시작했다. "제가 바가지 쓰는 거 말려 드릴게요." 하면서 구경하다가 내가 제일 많이 사버리자 어머니와 친구분들이 엄청 웃으셨다. 맛있는 음식도 함께 나누고 좋은 풍경을 같이 보니 세대와 처지를 떠나 다들 마음이 너그러워졌다.

지금 생각해 보면 나도 어머니도 진짜 정상이 아니었다. 어머니 혼자 유일하게 며느리와 함께였으니 친구분들이 불편하실 수도 있는데 굳이 나를 데리고 가신 것도 참 신기했고, 그럼에도 친구분들은 나를 흔쾌히 여행 친구로 삼아 주셨고, 거길 또 좋다고 쫄래쫄래 따라가는 과거의 나도 참 신기했다.

그 여행이 벌써 17년 전이다. 그때만 해도 어머니는 젊고 총명하셨고 할머니라기보다는 아주머니에 가까웠는데, 지금은 누가 봐도 노인이 되셨다. 세월은 빠르게 흘러 나도 새댁에서 청소년 아이 둘을 키우는 중년이 되었지만, 나의 변화보다 어머니의 변화가 더 무겁게 느껴진다.

집안 대소사를 하나하나 다 기억하시던 어머니는 총기가 많이 떨어지고 예전만 못하시다. 나도 어머니도 서로에게 좋은 기억만 있지는 않겠지만 시간이 지나니 안 좋은 기억은 퇴색한다. 그래도 우리 둘에게 사진은 남았고, 사진에 남아 있는 기억은 더 아름답다. 그 여행을 가지 않았으면 이런 추억이 남을 수 있었을까.

그 이상한 멤버로 조합된 이상한 여행은 다시 갈 수 없다. 어머니의 친구분들도 많이 늙으셨고 몇 분은 돌아가시기도 했다. 시간은 빠르게 흐른다. 며느리의 시간도 빠르게 흐르지만, 시어머니의 시간은 더 빠르게 흐른다. 흐르는 시간을 잡을 수는 없지만 삶을 마무리하는 그날까지 두 여자가 건강하게 살면서 새로운 형태의 모녀지간으로 사이좋게 늙어갈 수 있기를 소망한다.

우리는 새로운 모녀가 되어간다

나의 시어머니 이야기 2

나의 시어머니는 아들만 셋을 길러내신 분이다. 그것만으로도 깊은 존경심이 생긴다.

그 삼 형제가 중·고등학교에 재학할 때는 점심, 저녁 도시락까지 하루에 평균 5개를 싸셨단다. 물론 이 삼 형제가 아침부터 밥을 먹고 나가고 야식도 먹어대니, 한 달에 쌀만 한 가마니를 소비했다고 한다. 쌀만 한 가마니이니 고기, 생선, 과일, 채소는 말하기도 입 아프다.

이런 어머니가 제일 무서워하셨던 건 역시 '방학'이다. 당신께서는 겨울에 귤을 세 박스씩 들이면서 방학을 대비하셨다고 술회한다. 방학 첫날 한 박스가 동이 나면 '아, 방학이구나' 하셨단다. 이런 심정을 본인이 제일 잘 아시니 역병의 환란으로 아이들이 학교에 가지 않을 때부터 진심으로 나를 걱정해 주신다.

"애들이 학교를 안 가니 큰일이다. 애들 밥 세끼 해 멕이느라 얼마나 고생이 많니."

이제는 적응해서 괜찮다고 아무리 말씀드려도 여전히 걱정이시다. 어제 통화를 하면서 "세상에 애들이 학교를 안 가 집에서 세끼를 먹는 세상이 올 줄 누가 알았겠냐." 하시며 또 걱정을 하시더라.

"어머니, 제가 무서운 얘기 하나 해드릴까요? 내일부터는 어머니 아들도 회사 안 가고 재택근무예요. 하하하하."

"아닛, 그럼 어째. 아이고…."

"어머니, 애들은 1년간 방학인데 남편이 출근을 집으로 하는 세상은 안 겪어 보셨죠?"

"세상이 망쪼가 들어가 큰일이다!"

어머니의 진심이 느껴진다. 밥으로 맺어진 깊은 연대는 시어머니와 며느리의 거리를 없앤다. 우리는 여성 연대! 옷은 사서 뭐 하겠나, 쌀이나 사자!

시어머니도 옛날 분이시라 남편 밥은 꼭 차려줘라, 하셨다. 당신도 그걸 철저히 지키시는 분이고, 그 시대는 그게 당연했으니 반발심은 들지 않았다. 그때, 나는 이렇게 말씀드렸다.

"어머니, 밥을 차려줘야 하는 대상은 아직 어린아이들과 수족(手足)을 못 쓰는 고양이, 강아지입니다. 다 큰 성인은 혼자서 밥을 차려 먹어야 해요." 어머니는 못마땅하셨겠지만 웃으면서 받아주셨다. 나와 시어머니는 이렇게 사이가 좋다. 나는 우리 사이가 참 좋다고 생각한다. 어머니는 어떠실지 모르겠지만.

나는 새댁 시절부터 시종일관 같은 태도로 어머니를 대했다.

1. 모르거나 이해가 안 되는 것은 질문하기
2. 내가 못 하는 것은 못 한다고 솔직하게 이야기하기
3. 무조건 "네" 하지 않기
4. 전화는 한두 달에 한 번 정도 하기

이 중에서 네 번째가 진짜 힘들었는데, 나는 친정엄마와도 이런 패턴이기 때문에 계속해서 내 페이스대로 밀고 나갔다. 이 태도를 초지일관 유지하니 어머니도 포기할 건 포기하고, 좋은 점을 잘 봐주셨다. 실제로 친척 어르신들에게 내 칭찬을 많이 하셔서 다들 내가 엄청 착한 며느리인 줄 알고 계셨다. 많이 부끄러웠다.

신혼 초에 어머니는 며느리들을 모아 놓고 "형제간 우애는 절대 밖에서 생기지 않는다. 안에서 생기니 너희들이 잘해야 한다." 말씀하셨다. 내가 형님들을 제치고 해맑게 질문했다. "그럼 며느릴 들이기 전에는 우애가 아예 없었나요? 왜 그렇게 키우셨어요?" 어머니가 살아오신 지방의 보수적인 배경을 내가 이해했어야 했는데 그때는 어려서 몰랐다. 암튼 다음부터는 그 말씀을 안 하신다.

딸 같은 며느리를 원하는 바람을 만족시켜 드리진 못해도, 서운하실까 봐 가끔 딸처럼 잔소리를 해드린다. 어머니가 아버지랑 싸우시고 내게 하소연을 하시면 편들어 드릴 건 들어드리고, 아닌 건 딸처럼 매몰차게 잔소리한다. "어머니, 제가 딸이라

고 생각하고 말씀드려요. 그 부분은 이혼 전문 변호사에게 가면 이도 안 들어갈 말이에요." 그러면 어머니는 친엄마처럼 내 등짝을 치신다. 히히히.

결혼 초기 명절에는 눈치도 보고 애를 많이 썼다. 첫 명절에는 일만 하다 밥을 굶어서 서럽기도 했다. 그래서 이제는 정말 친딸처럼 시댁에 도착하면 잠부터 잔다.

음식 장만하다 힘들면 어머니께 이 이상의 양은 힘에 부치니 양을 줄이자고 말씀드리고, 한계에 다다르면 "저는 여기까지가 끝입니다. 이제 들어가서 잘래요." 하고 끝을 낸다. 몇 번 반복하면 실제로 음식 가짓수와 양이 줄어든다.

사실 명절 음식, 특히 전은 막대한 노동력이 요구되는 음식인데 이건 바로 부쳤을 때나 맛있지 시간이 지나면 맛이 없다. 이걸 끝도 없이 부쳐 쌓아두고서는 집에 돌아갈 때 굳이 가져가라신다. 안 가져간다 손사래를 쳐도 받아올 수밖에 없고, 냉동실에 넣어두면 먹어도 먹어도 줄지 않아 결국 버리게 된다. 아무리 적게 하자고 해도 어르신들은 그게 안 된다.

시어머니와 장 보러 가서도 너무 많이 사시면 끝없이 말씀드린다. "우리 그거 무거워서 못 들어요. 조금만 사세요." 전 부칠 거리를 잔뜩 내오시면 나중에 어머니 해 드시라고 (강제로) 냉장고에 넣어드린다. 요즘은 전 부칠 용병으로 남편을 데리고 앉아 같이 부치며 시간을 절약한다.

남자가 부치면 맛이 없다는 어르신들 태클에는 "저는 제가 부치면 너무 맛이 없어요."라며 생글생글 웃어넘긴다. 이렇게 끊임없이 행동하여 십여 년 만에 그분들의 잔소리를 많이 줄였다.

여기까지 오는 데 많은 시간이 걸렸지만 그래도 이렇게 해야 고부간의 갈등을 줄일 수 있다. 한 가지 더. 앞에서도 언급했지만 만나는 횟수와 화목은 반비례한다는 것을 명심하시길. 떨어져서 애틋하게 서로 택배로 사랑을 확인하시길.

물론 이 깨방정도 부모님께서 건강하실 때까지만 유효하다는 것을 알고 아직까지 감사한다. 세상의 모든 부모님들이 오래오래 건강하시기를 바란다.

어느 명절
분연히 일어난 며느리

나의 시아버지 이야기 1

나의 시아버지는 강성이셨다. 결혼하고 처음 식구들을 모두 만난 자리에서 나는 충격을 받았다. 내 남편을 포함한 아들 삼 형제는 아버지가 말씀하시면 그저 방바닥을 보고 끄덕거리며 그 시간이 지나가기를 기다렸다. 다 동의할 수 없는 부분이 있더라도 아무도 감히 그 말씀에 토를 달지 않았다. 아버지는 교장 선생님의 훈화(訓話)처럼 일방적으로 말씀하셨고, 나는 그 광경이 너무 이상했다.

식사가 끝나고 남편에게 슬쩍 물어보았다. "분위기가 왜 그래? 다들 동의할 수 없는 말씀을 하시는데 왜 끄덕끄덕하는 거야?"

"거기서 토 달면 말씀이 더 길어지고 힘들어. 그냥 그 시간을 빨리 보내는 게 제일 편해." 남편이 대답했다.

이 집안의 어린 형제들은 다 큰 성인이 되어 결혼해서도 그 패턴을 유지했다. 그 분위기에 익숙해진 시어머니는 이미 결혼한 지 좀 된 형님들에게는 더 기대할 것이 없어지자 새 며느리인 내게 '애교'를 주문하셨다. 명절 상 준비하느라 저녁 밥상 준비하기 싫으시면 내게 슬쩍 "아버지한테 가서 애교 좀 떨면서 외식하자고 해라."라는 요구를 하셨는데, 나는 전혀 그럴 생각이 없었다. 그 애교라는 기술은 우리 부모님에게는 물론이고 당신 아들인 내 남편에게도 쓴 적이 없었다.

명절 음식 장만은 하루 만에 되는 것이 아니라서 어머니는 식구들이 모이기 몇 주 전부터 장을 보고 식재료를 장만하셨을 것이다. 나는 명절 전날에 내려가 어머님과 채소와 고기, 생선 등 신선 식품의 장을 보느라 온종일 시장을 다녔다. 오후부터는 사 온 것들을 다듬고 손질하고 밑준비를 한다. 다음 날 아침에는 다 같이 모여서 각종 전을 세 광주리쯤 부치고 각종 생선을 업소용 찜기에 찐다. 생선이 너무 커서 가정용 찜기로는 어림도 없다. 몇 종류는 굽고, 돔배기(상어를 토막 내고 포를 떠서 소금에 절인 것)는 간장에 졸이고, 어패류 또한 졸이거나 구웠다.

각종 나물을 다섯 가지 이상 무치고, 마지막으로 큰 곰솥에 육·해·공의 모든 재료가 들어간 탕국을 끓이면 명절 음식 준비의 대단원을 마치게 된다. 그 사이사이에 아이들 밥을 챙기고 어른들 점심상도 챙기며 준비를 하다 보면 몸이 너무나 아프고 괴롭다. 머리는 이미 기름내가 찌들어 있고 몸은 만신창이.

하지만 하나의 관문이 더 남아 있다. 아버지는 명절 전야에 식구들과 둘러앉아, 당신이 유명한 한우 전문점에서 사 오신 고기를 함께 구워 먹는 것을 큰 즐거움으로 아셨다.

좋은 고기에 평소에 아껴 두신 좋은 술을 곁들이니 얼마나 좋은가. 그러나 며느리들은 성인 8명에 아이들까지, 총 12명분의 고기를 구워야 했다. 구워서 접시에 덜어 내보내면 사람이 많으니 고기는 금세 빈 접시로 돌아왔다. 그 사이사이 밥을 내고, 위스키 마실 얼음을 챙겨서 내보내고, 다시 고기 굽고, 파채를 새로 무치느라 정신이 하나도 없었다. 물론 내 손으로 장만한 그 음식을 조금이라도 입에 넣을 새가 있을 리 없었다.

그렇게 고기를 굽고만 있다가 "그만 구워라." 하는 누군가의 말씀에 겨우 정신을 차리고 우리가 먹을 고기를 구웠다.

그런데 식구 중에 누군가가 기어이 한마디를 덧붙여 내 마음에 불을 지른다. "여기 다 먹었으니 그만 구워라." 그 소리에 화가 울컥 치밀어 올랐다. "우리는 하나도 못 먹어서 우리 먹을 거 굽고 있어요!" 나는 화를 가라앉히고, 고기를 들고 상에 앉았다. 얼굴이 피곤에 절어서 상에 앉은 우리 모습을 본 어린 조카가 한마디 했다.

"여자들은 하녀야?"

어린아이 눈에도 그렇게 보였겠지. 너무 속상하고 기분이 안 좋았다.

그때였다. 시아버지가 분위기를 바꾸신다고 농담을 하셨다.

"너희들(며느리들)이 들으면 기분이 안 좋겠지만 사실 인도

나 파키스탄에서는 여자를 소나 가축처럼 재산으로 취급한다."

여기는 그 나라가 아니니 너희들은 그에 비해 행복하지 않느냐는 말씀이었는데, 그 농담은 실패한 농담에 가까웠다. 며느리들은 정말 표정이 굳어졌고 아들들도 얼굴이 굳어졌지만, 아무도 그 말씀에 가타부타 한마디 하지 않았다.

나는 평상시에 언어적인 순발력이 좋다고 생각했지만 그런 경험은 난생처음이었다. 뭔가를 듣고 말을 할 때는 '아, 저런 말을 들었으니 이렇게 말해야겠다'라는 생각을 한 번은 하고 말을 시작한다. 그런데 그날은 그러질 못했다. 머릿속에서 말이 생성되기 전에 입에서 먼저 말이 튀어나왔다. 난 껄껄 웃으며 시작했다. 너무 기막혀 웃음부터 나온 것이다.

"아버님, 인도나 파키스탄 사는 꼴을 좀 보세요. 여자 알기를 우습게 알고 그따위로 대접을 하니 그 모양 그 꼴로 살지요. 아버님은 당연히 그런 분이 아니시지만요…."

순간 정적이 길게 흘렀다. 아버님은 아차 싶으셨는지 더는 말씀하지 않으셨다. 설거지를 하면서 나보다 7, 8년은 먼저 결혼한 형님들이 내게 시원하게 말해줘서 고맙다고 하셨다. 형님들도 아버님 말씀에 반박하고 싶었지만 적당한 말이 떠오르지 않았다고 했다.

다행히 웃는 모양새로 말을 해서 분위기가 험해지지 않았지만 나도 어른에게 말을 되받아친 모양새니 기분은 그렇게 좋지 않았다. 그 일 이후로 아버님이 아들들만 키우며 쉽게 하던 농담을 조금씩 줄이시는 게 느껴졌다. 그동안 아무도 그런 말에 뭐라 하는 가족이 없었으니 제어가 되지 않은 것도 있었을 터다.

아버님은 기본적으로 여자는 항상 두려움이 많고, 크게 보지 못하며, 완성도 있는 바깥일을 하는 것에 어려움이 있을 거라 인식하고 계신 듯했다. 그래서 남자들이 하는 일과 여자들이 하는 일은 다를 수밖에 없다고 생각하셨다.

나는 굳이 그런 시아버지의 생각을 고쳐드릴 생각이 없었다. 사람의 생각은 말로 변화시키기 힘들다. 나는 그 변화를 위해서까지 노력하고는 싶지 않은 차가운 며느리였다.

“저는 식사 중에 물 안 마십니다”

나의 시아버지 이야기 2

결혼 전에 뵈었던 예비 시아버지는 평소에 남자친구에게 들은 이야기가 있어 매우 무서웠다. 오랜 공직 생활을 통해 몸에 밴 근면 성실하신 성품과 경상도의 가부장적인 성향을 지닌 시아버지는 그를 전혀 모르는 초면의 사람도 긴장하게 하는 굉장한 포스가 있으셨다.

남편은 결혼 당시 대학원에 다니는 학생이었고, 우리는 최대한 지출을 줄이고 최소한의 소비로 검소하게 살고 있었다. 대학원에서 받는 조교 월급과 내가 버는 돈으로 저축도 하고 나름 재미나게 살았다.

남편이 드디어 졸업하고 취업을 할 때였다. 그는 직장을 고르는 여러 기준들 중에서 ‘저녁이 있는 삶’을 첫째로 꼽았다. 본인이 결혼하고 직장을 다니는 이유는 '가정'에 있다고 했다. 이 이야기는 결혼 전에도 내게 했었고, 나도 그 생각에 깊이 동의했다.

지방에서 서울로 대학 진학을 한 남편은 혼자 사는 것을 힘들어했다. 결혼하고 아이가 태어나면 그 아이들을 같이 기르고, 아이들이 커나가는 모습을 여유 있게 지켜볼 수 있는 직장을 찾고 있었다. 그는 여러 회사의 면접을 보았고, 그중 자신의 뜻에 가장 잘 맞는 직장에 합격했다.

이 기쁜 소식을 시댁에 전하자 시아버지는 굉장히 실망하신 듯했다. 시댁에 가서 얼굴 뵙고 식사를 하는데, 아버지가 남편에게 말씀을 꺼내시며 속내를 비치셨다.

"연봉 더 많이 주고 승진 기회가 많은 곳으로 가야지, 그렇게 야망이 없어서야…."

"저는 제 인생에서 가정이 가장 우선입니다."

"남자는 가정은 뒤로하고 바깥에서의 일을 우선으로 해야 한다. 퇴근 후엔 사람 만나고, 주말엔 골프 치며 또 사람 만나야지."

평생을 그렇게 살아오신 분이니 내가 뭐라고 할 말은 없었다. 남편은 오랜 기간 학생으로 살다 취업을 했으니 기대도 크셨을 테다. 시아버지는 소박하게 사는 삶을 추구하는 분이 아니셨다. 다만 우리가 그렇게 선택을 했고 이 삶의 주인공은 우리 둘이니까 시아버지의 속이 상하셨어도 그 소망을 들어드릴 수는 없었다.

없던 아이가 태어나고, 아이는 곧 하나에서 둘이 되었다. 그러니 명절이나 가족 행사에 시댁에 가서 음식을 하면 아이를 돌보는 것은 남편의 차지가 될 수밖에 없었다. 시아버지는 그것도 못마땅해하셨다. 같이 식사할 때 우리 아이들은 익숙한 아빠 곁에서 밥을 먹고 안겨 있었는데, 아버지는 아이를 돌보는 것은 전부 엄마 소관이라는 말씀도 하셨다.

사실 그런 말을 들으면 기분이 나빠야 하건만, 나는 그저 아버님이 딱했다. 우리 아이들은 아빠와 애착 관계가 잘 형성되어 내가 없어도 아빠와 잘 지낼 수 있었다. 시아버님과 내 남편, 아주버님들은 그렇지 않았다. 그저 전통적인 엄부(嚴父) 슬하의 상하 관계, 자식이 부모를 향해 조용한 복종만을 거듭하는 관계가 내 눈에는 잘 보였다. 나는 그게 딱하기 그지없었다.

내가 주방에 있는 동안 아이를 돌보는 것도, 아이들이 아빠 목에 매달려 있는 것도, 떨어진 식재료 심부름을 하는 것도 시아버지 눈에는 다 못마땅해 보이셨을 것이다. 남편이 주방에 뭔가 도와주러 들어오면, 시아버지는 "남자는 부엌에 들어가는 거 아니다."라고도 하셨다. 서울에선 그 집 아드님이 설거지를 도맡아 하는 것도 모르고.

아버님은 식사 중에 물 한잔 손수 떠서 드시는 법이 없었고, 모든 시중은 어머님이 드셨다. 식사 중에 남편이 식탁에서 일어나자 어머님께서 말씀하셨다.

"밥 먹다 말고 네가 왜 일어나니?"

"목말라서 물 좀 가져오려고요."

"목마른데 왜 네가 일어나니?"

뒤늦게 깨달았다. 아, 물은 여자가 떠오는 거구나. 나는 뻔뻔하게 대답했다. "그럼 어머님이 일어나시게요?"

남편도 한마디 했다. "목마른 사람이 물 가져오지, 그럼 누가 가져옵니까?"

나는 한마디 더 덧붙였다. "남자들이 언제 목마를 줄 알고 가져오나요. 자기 물은 자기가 가져와야죠. 그리고 저는 식사 중에 물 안 마십니다."

집안 분위기가 대체로 이러했으니 아버님은 식사 후에 밥그릇 하나 치워주시지 않았다. 이런 분위기는 남편을 제외한 아주버님들도 마찬가지여서 나는 가족 행사가 정말 불편했다. 밥을 먹고 치우면서 2등 시민이 된 기분이었다.

남편이 나를 도와주는 것도 뭐라고 하시니, 되도록 행사에 최소한만 참석하고 싶었다. 식구들이 오랜만에 만나 수다 떨고 조카들 커가는 것을 보는 것은 너무 반가웠지만 이런 가부장적 문화가 나의 마음 한구석을 꽁꽁 얼게 만들었다.

시아버지는 본인의 인생을 자부심으로 살아오셨고 그 공도 컸다. 비록 시아버지만큼의 공력은 아니겠지만 나도 내 인생을 스스로 자신감 있게 살아왔다. 서로 마음의 거리를 두고 각자의 인생을 살다 보면 시간이 해결해 주는 일도 많은 법이다.

결혼하고 아이를 낳은 뒤 세무서에 가서 소득 증빙 소명을 해야 할 일이 있었다. 나는 세무사의 도움을 받을 생각도 하지 않고 꼼꼼하게 준비해 정해진 날 세무서에 출석했다. 나는 혼자 청문회 나온 모양새로 긴 책상 끝에 앉아 오랜 시간 동안 서너 명의 공무원을 상대하고 돌아왔다. 사실 시작 전에는 조금 떨리기도 했지만, 내가 죄를 지은 것도 아니고 거짓말을 하는 것도 아니니 무서울 일이 없었다.

그 이후에 시댁 모임이 있어 다 같이 만날 일이 있었는데 남편이 아버님에게 이 건에 대한 말씀을 드린 모양이다. 아버님은 그 이야기를 전해 들으시고 놀란 눈으로 내게 다음과 같이 말씀하셨다.

"너는 정말 당돌하구나."

'당돌하다'라…. 나는 왜 내가 꾸지람을 들어야 했는지 몰라 나중에 남편에게 물어보니, 그건 칭찬의 의미라고 했다. 아버님은 오랜 시간 동안 세무 공무원으로 일하시다 정년퇴직을 하시고 세무사로 은퇴 후의 삶을 이어나가시는 분이셨다. 당연히 그런 문제가 있으면 당신에게 상의할 줄 아셨나 보다.

시댁과 사는 지역이 워낙 멀고 다 큰 성인의 일이니 나는 시아버지에게 상의할 생각조차 하지 않았다. 아버님은 '여자의 몸'으로 당당히 세무서에 서류를 들고 들어가 공무원을 상대로 소명했다는 사실에 놀라고 감명받으신 듯했다. 세무 공무원들 앞에서 기죽지 않고 일을 처리했다는 데 당돌하다는 표현을 쓰신 듯했다.

나는 아버님의 그 말씀에 더 놀랐다. 다 큰 성인이라면 다들 이렇게 하지 않는가. 여자는 왜 겁을 먹고 일 처리를 잘 못할 거라 생각하시나. 문화적 충격이었다. 물론 요즘은 많이 달라지고 있겠지만, 그 지역에서 오래 살아온 여성분들을 보면 목소리를 낮추고 평생을 지낸 경우가 많았을 테니 그렇게 생각하실 수도 있을 것 같았다.

나의 친정아버지는 내가 유치원에 다닐 때부터 여자라고 해서 귀여움이나 애교, 눈물로 위기를 돌파하지 말라고 항상 잔소리하셨다. 중학생이 되어서는 여자도 직업이 있어야 하고, 여자에게 좋은 직군이나 직장은 따로 없으니 남자와 똑같이 경쟁해야 한다고 귀에 인이 박이도록 말씀하셨다.

아버지 말씀대로 참 부지런하게 열심히 살다 결혼하고 나니 '며느리'라는 신분으로 '강등'된 기분이 들었다. 처음엔 너무 힘들고 적응하기 힘들었지만 내가 하던 대로 주눅 들지 않고 똑같이 행동했다.

시부모님은 고분고분하지 않은 며느리에게 적응하시느라 나름 힘드셨으리라. 이제는 시부모님들이 나를 잘 아신다. 나도 그분들을 잘 알게 되어 급격한 변화를 추구하지 않는다. 우리는 그저 오랜 세월을 통과해 왔다.

이제 시아버지와는 웃으며 정치 얘기도 하고, 의견이 맞지 않으면 '그건 아닌 것 같다'고 말씀도 드린다. 여전히 어렵고도 먼 관계지만 갈등이 생겼을 때, 내가 수용할 수 없는 일이 생겼을 때 피하지 않고 대화를 나눈 것이 항상 좋은 결과를 가져왔다.

그런 상황을 피하고 남편에게만 미루면 갈등은 없어지지 않는다. 남편이 시댁과 좀 더 가까운 사이이니 조정을 잘 해주면 좋겠지만, 무섭고 어렵다고 고개 돌리지 말자. 남편에게만 미루고 뒤로 숨으면 일이 해결되지 않는다. 남편도 결국은 내가 아니므로 나와 생각이 완전히 같을 수 없다. 남편의 적극적인 행동만 바란다면 부부간에 원망이 쌓이기 쉽다.

그 원망이 쌓여 결혼을 끝맺는 부부들이 요즘도 얼마나 많나. 그러나 결혼의 종지부는 나와 남편, 당사자들이 문제가 있고 그게 지속적인 노력으로도 해결되지 않았을 때 찍어야 한다. 다른 사람 때문에 소중하게 쌓아 올린 가정을 끝낼 수는 없다.

그러니까 가족 간에 갈등이 생기면 피하지 말자. 용기와 자신감을 내서 내가 바꿀 수 있는 것은 바꾸고, 바꿀 수 없는 것은 받아들이자. 나도 법적으로 맺어진 이 가족 관계에서 한 사람의 주체적인 당사자이니까.

사람이 어떻게 변하느냐고?

나의 시아버지 이야기 3

세월은 흐르고 손주들 생일부터 각종 집안 대소사, 며느리들 생일까지 기억하시는 어머님의 기억력도 많이 쇠퇴하셨다. 오랜 옛이야기는 잘 기억하시는데 당장 어제 사 온 식재료, 오늘 쓰고 집에 둔 손가방의 위치를 전혀 기억 못 하시는 일이 일어났다.

그저 나이 탓이려니 여겼는데 증세가 좀 심해져 병원에 모시고 가보았더니 경증의 치매가 시작되셨다고 한다. 마음이 너무 아팠다. 어머님은 어제 쌀을 사놓으시고 오늘 또 사는 등의 사소한 실수를 하셨는데 같이 사는 아버지는 이 행동이 계속되자 스트레스를 받으셨다.

생전 주방일을 해보지 않으신 시아버지였다. 하지만 시어머니의 치매 원인이 과도한 스트레스라는 것을 들으시고는, 일단 당신이 할 수 있는 작은 것부터 실천하기 시작했다. 식사 후에 밥그릇을 개수대에 가져다주고 식탁을 치우시더니 나중에는 설거지를 몸소 담당하셨다. 나는 정말로 놀랐다. 그 무섭고 꼬장꼬장한 아버님이 설거지라니…. 하늘도 놀랄 일이었다.

어머니의 기억력은 기분에 따라 많이 좌우되었다. 당신의 스트레스가 심해지면 식재료 쇼핑이 많아졌다. 생수 두 박스를 들인 후에 그다음 날 또 생수가 배달되는 일이 잦아지자, 아버지가 곳간 열쇠를 넘겨받아 직접 장을 보기 시작하셨다.

식재료 수급 담당은 집안일 업무 분장 중에서 가장 고난도다. 집에 실온, 냉장, 냉동 보관이 된 식재료가 무엇이 있는지 파악하고 있어야 하며, 당장 오늘과 내일 소진해야 할 식재료가 무엇인지, 그로 인한 메뉴는 무엇인지, 모자란 식재료는 무엇인지를 정확하게 알고 있어야 한다. 이 어렵고도 자잘한 일을 아버님이 맡으신 것이다. '남자가 부엌에 들어가면 고추 떨어진다'고 말씀하시던 분이었는데 이런 변화는 정말 신기했다.

아버지는 직장에서 은퇴하면서 집에서 세끼를 거의 드셨다. 어머니는 은퇴도 없이 그저 묵묵히 그 수발을 다 드셨다. 이제 어머니가 은퇴할 시간이 온 것이다. 아버지는 소박한 반찬을 하나씩 만들어 보시고 밥을 짓기도 하셨다.

아버지는 어머니와 동네 식당에서 점심을 해결하시고, 아침으로는 빵을 드신다고 했다. 빵이라니! 정말 대단한 변화였다. 저녁 한 끼만 두 내외가 드시니 냉장고는 단출해지고 살림의 규모도 많이 줄었다.

아버님은 요리 중에 가장 맛을 내기 힘든 국 끓이기도 곧잘 해내셨다. 시댁과 우리 집의 물리적 거리 때문에 일 년에 서너 번 정도 찾아뵙는데, 갈 때마다 이런 변화가 점점 더 커지는 걸 보며 '사람도 변하는구나'를 절절히 느꼈다.

시아버지는 평생을 바깥으로 돌며 당신 일의 성취를 이루셨다. 존경할 부분이다. 그러나 그 뒤에는 늘 시어머니가 계셨다. 밥 차리고 남편 수발을 들며 아이들을 키워낸 아내가 있었다.

이제 일의 성취는 마무리가 되었고 자식들은 장성했다. 두 분만의 인생이 시작되었다. 어머니가 아프지 않고 건강하셨으면 더 좋았겠지만, 그로 인해 아버지도 자신의 새로운 재능을 발견했다.

집 안에서 함께 계시는 시간이 늘어나니 부딪치는 일도 더 많은가 보다. 어머니는 아버지 흉을 내게 보시고, 아버지는 어머니 흉을 내게 말씀하시는 일이 조금 더 늘어났다. 두 분이 싸우기도 많이 싸우시는 것 같다. 오랜만에 자식들 얼굴 보면 서로 서운했던 것을 토로하시며 불행 배틀을 벌이는 모습이 귀여우시기도 하다.

오랜 세월 함께한 부부만이 느끼는 사랑일 게다. 젊은 날의 뜨거운 사랑만이 사랑이더냐. 미지근하면서도 진득한 사랑은 아무나 가질 수 없는 사랑이다. 치열하게 길게 한평생 살아오며 이 꼴 저 꼴 다 본 부부만이 획득할 수 있는 사랑이다.

아버지는 평생 역사서와 철학서를 읽으며 살아온 분이셨다. 오랜만에 시댁에 방문하여 거실 소파에 앉았더니 테이블에 『칵테일 만들기』, 『소박한 일본식 가정요리』, 『간단하게 만드는 반찬』 같은 책들이 놓여 있다. 두 사람이 함께 살기 시작하고 오랜 시간이 흐른 후, 아내가 아파서 변하니 남편이 읽는 책도 변한다.

나는 그 책의 제목들만 보고도 목이 메었다. 누가 사람은 변하지 않는다고 말했던가? 나는 함부로 장담하지 말라고 충고하고 싶다. 사람은 변한다. 필요에 의해 완벽하게 변한다.

우리는 서로의 엄마 같은 존재니까

K-장녀의 유일한 비빌 언덕, 남편

"누나니까 양보해야지."

"누나니까 동생을 잘 보살펴야지."

"너는 뭘 해도 믿음이 가는데 네 동생은 항상 물가에 내놓은 애 같다."

어린 시절의 나는 항상 의젓하고 성숙하게 행동하도록 요구받았지만 세 살 터울의 남동생은 항상 아이가 받는 대접을 받았다. 그걸 나를 향한 믿음이라고 생각했던 나는 항상 내 일은 내가 알아서 하는 아이로 자라났다.

돌이켜보면 아이는 아이로 자라야 한다는 것을 그때는 당연히 몰랐다. 내가 성인이 되어 보니 그 시절에 대한 아쉬움이 깊이 느껴졌다. 나는 부모님께 원하는 것을 조르지 않았다. 원하는 것을 얻으려고 조르다 크게 혼나는 일이 많았기에 원하는 것이 생겨도 자주 말없이 삼키고는 했다.

대학생이 되어 경제적으로도 서서히 독립을 시작했다. 나는 졸업한 뒤에도 공부를 더 하고 싶어 유학비를 마련하겠다고 아침부터 밤늦게까지 일을 시작했다. 외환위기의 환란 속에서도 가열하게 유학비를 벌어댔다. 아침부터 밤까지 일만 하며 살았다. 그때 지금의 남편을 만났다. 나와 남편을 잘 아는 친구가 가볍게 소개팅을 주선해 주었고, 소개팅 성공 타율이 나빴던 나는 아무 기대 없이 그 자리에 나갔다.

나는 부지런히 벌어 외국에 나갈 셈이었는데 그날 그 가벼운 소개팅이 내 인생을 바꿔 놓았다. 첫눈에 반한 것은 당연히 아니었다. 첫인상은 평범했다. 다만 처음 만나서 나눈 대화가 너무나 즐거웠다.

그렇게 만남을 이어가며, 나는 결국 가지 못할 유학비를 계속 벌었다. 아침 9시부터 새벽 1시까지, 이동 시간 외에는 쉬는 시간이 없는 생활을 몇 년이나 했다. 월요일이 가장 바쁜 날이어서 나는 일요일 오후부터 숨을 쉬는 것이 고통스러웠다.

똑똑하고 자립심 강한 K-장녀는 식사할 시간도 모자라 차 안에서 샌드위치를 먹어가며 벌어댄 유학비로… 결혼 자금을 마련했다. 그때 당시 남자친구였던 남편은 내게 '일을 줄이고 스트레스도 줄이라'고 했지만 유학이든 결혼이든 나 스스로 해결해야 한다는 압박감에 나는 그렇게 하질 못했다.

언젠가부터는 유학을 가서도 이렇게 살면서 공부까지 해

야 한다는 생각에 나는 더 괴로워졌다. 남자친구는 박사 후 과정으로 미국에 갈 예정인데 나도 같이 공부하면 어떻겠느냐는 제안을 했다. 사랑으로 만났지만 현실도 소중했다. 나는 너무 지쳐 있었고, 잠시 쉬면서 유학을 함께 준비한 뒤 같이 가면 더 좋겠다는 꿈을 꾸었다.

유학을 염두에 두고 결혼을 준비하니 모든 것을 간소하게 하고 싶었지만 현실은 그렇지 못했다. 결혼은 우리 둘만의 이벤트가 아니었다. 그렇게 나는 유학비를 홀랑 다 태우고 결혼을 했고, 그 뒤로는 누구나 아는 그저 그런 평범한 이야기가 시작되었다.

이제는 외국의 대학원이 아니라 주방이 나의 배움터로 자리잡았다. 살림 한번 제대로 해본 적 없이 결혼한 나는 쌀을 씻고 밥을 안치는 것부터 남편에게 배웠다. 내 살림의 8할은 남편이 내게 가르쳐 준 것이다. 그는 내게 친정엄마 같은 존재였다.

김치찌개를 끓이는 것도 그에게 배웠고, 소박한 반찬을 사와서 갓 지은 밥과 먹는 즐거움도 그에게 배웠다. 빨래를 깔끔하게 개는 것도, 청소를 깔끔하게 하는 법도, 정리는 날을 잡아서 하는 것이 아니라 그때그때 해야 한다는 것도 그에게 배웠다. (하지만 여전히 잘되지는 않는다.) 공부만 하느라 지저분한 자취생활을 한 줄 알았는데 그가 이런 걸 어디서 배웠는지 너무 신기했다.

요리를 시작하면서 나는 남편 친구들, 내 친구들을 불러서 밥을 해 먹이는 취미를 들였다. 좋은 사람들과 술자리도 겸하면서 즐거운 시절을 보냈다. 분위기가 흥겨워 내가 과음하면, 남편은 신혼집 앞에 있는 마트에서 콩나물을 사 와 해장 라면을 끓여주었다.

“내가 한숨 쉬면서 카트에 콩나물을 담고 있는데, 어떤 아줌마가 와서 신경질 팍 내면서 콩나물을 카트에 담더라고! 그 집은 남편이 술 퍼마셨나 봐!”

남편은 투덜대며 맛있게 해장 라면을 끓여주었다. 신혼은 달콤하면서 따스했다.

한자리에서 오래 공부한 남편은 취업을 원하게 되었다. 나도 마찬가지였다. 더는 유학의 꿈을 꾸지 않게 된 지 오래되었다. 그즈음 안정된 결혼 생활에 예쁜 아이를 꿈꾸던 우리는 자연스럽게 공부 대신 취업의 길을 선택했다.

모든 것이 나의 선택이고 내가 가고 싶은 길이었는데, 포기란 건 생각보다 더 아픈 것이었던가 보다. 나는 밤에 숨쉬기가 힘들어지면서 자꾸 잠에서 깼다. 어떤 날은 엉엉 울면서 잠에서 깨어나기도 했다. 이 길이 내가 가고 싶은 길인데 뭔가 답답했다. 나도 아이처럼 원하는 것을 조르고 얻어냈으면 조금 달라졌을까. 내가 하고 싶은 공부를 하고 결혼도 할 수 있지 않았을까. 가지 못한 길에 대한 아쉬움으로 괴로웠다.

그렇게 전쟁 같은 밤을 보내면 남편은 항상 엄마처럼 나를 안아주었다. 하고 싶은 거 할 수 있게 해주겠다고, 힘들고 괴로운 심정 다 알고 있다고, 당신 그동안 너무 수고 많았다고….

그의 말 한마디가 위로도 되고 약이 되었다. 남편이 언제든 내가 하고 싶은 걸 할 수 있다는 믿음을 주니, 실제로 그렇게 되지 못할 것을 알면서도 나는 내 안의 어린아이를 달랠 수 있었다.

20대 초반에 만나 연애하고, 결혼하고, 아이들의 부모가 되면서 우리는 같이 늙어간다. 남편은 진중하고 우직한 사람이라 흔들림이 없지만, 나도 가끔은 그에게 엄마가 되어준다. 속 깊이 담아둔 얘기를 꺼내면 나는 그에게 엄마가 되어준다. "당신이 옳아, 하고 싶은 대로 해."라고 말해주면서.

자기가 하고 싶은 대로 할 수 있는 어른이 얼마나 있을 것인가. 진심으로 이해해 주고 말이라도 그렇게 해주면 속이 풀린다. 가끔 티격태격 싸우기도 하지만, 나는 그가 나를 진심으로 아껴주고 있다는 사실을 안다. 피터 팬처럼 새로운 일에 도전하는 내게 끊임없이 용기를 북돋워 주고 당신은 정말 대단하다고 치켜세워 주는 남편 덕에 나는 내 안의 나, 내 안의 뜨거운 불길을 더욱 활활 부채질할 수 있다. 나도 그를 북돋고 치켜세우며 가만히 껴안아 준다.

내가 속상하면 그가 내게 엄마가 되어주고, 그가 아프면 내가 그의 엄마가 되어준다.

항상 좋기만 한 결혼 생활이 어디 있으랴. 그래도 가끔은 서로의 엄마가 되어주자.

그냥 덮어놓고 엄마가 되어주자.

화장실 습관과 애정의 척도

살림과 배려의 상관관계

나의 전 남자친구이자 현 남편은 부산에서 서울로 대학 진학을 했다. 처음엔 하숙생으로 서울살이를 시작했는데 빨래와 식사는 하숙집 아주머니가 다 해주셨단다.

어느 날 남친이 청바지를 뒤집어서 내놓았던 적이 있었다고 한다. 아주머니가 다시 바로 뒤집어 세탁해 주셔서, 그가 아주머니에게 알려드렸단다. "청바지 워싱이 천천히 예쁘게 빠지려면 뒤집어서 세탁해야 해요. 진한 색 바지들도 뒤집어서 빨면 색이 더 오래가요." 아주머니는 그렇게 대학 신입생에게 빨래 요령을 배우셨다나.

남자친구가 대학원에 다닐 때는 혼자 자취 중이었는데 주말에 전화 통화를 하며 "오늘 뭐 했어?" 물으면 화장실 대청소를 했단다. 락스를 물에 풀어 소독하는 건 기본. 실리콘에 곰팡이가 꼈을 때는 휴지를 돌돌 말아 실리콘 위에 얹고 락스를 부어주라 했다. 그렇게 한나절 방치해 두면 깨끗해진다는 팁도 알려주었다. 시간이 나면 청소하고 정돈하는 남자, 참 좋았다.

앞의 챕터에서 언급했듯, 그 남친과 결혼한 나는 살림을 남편에게서 배웠다. 오래전 다림질을 하는데 뒤집어서 바지를 주길래, 이것도 다시 원래대로 만들어서 다림질을 하니 남편이 손사래를 쳤다. 그러면 열 때문에 원단이 번들거려서 안 된다고.

또 스텐 냄비나 팬에 얼룩이 생기면 누가 뺏어갈 틈도 없이 그걸 가지고는 주방 구석으로 간다. 그러고는 썩 괜찮은 팔 힘으로 냄비나 팬을 광택제로 연마해서 광을 반짝반짝 내준다. 맘이 복잡할 때 이걸 닦고 있으면 수양이 된단다.

다만 요리는 내게 일임했는데, 서로의 취미와 습관에 맞는 가사 분담이었다. 퇴근하고 집에 들어오면서 현관부터 정리하고 들어오는 남편 덕에 우리 집은 주부가 1.5명(0.5는 나)이 사는 셈이었다. 잔소리도 좀 많지만 나보다 부지런하니 그 정도는 쿨하게 오케이!

결혼하고 남편과 살면서 가장 눈에 걸렸던 게 있다. 서서 변기에 소변을 보는 습관이 그것이다. 처음엔 그러려니 했다. 다들 그렇게 살아왔고, 나는 화장실 청소를 안 해보고 결혼했으니 남자들이 흘리는 소변이 화장실 악취의 주범이라는 사실을 몰랐다. 결혼 후에는 남편이 화장실 청소를 완벽하게 해놓았기 때문에 별다른 불편함이 없었다.

건강 관련 뉴스나 기사에서 소변을 서서 보면 미세한 오줌 방울이 튀면서 바닥은 물론이고 칫솔이나 수건에 닿을 수 있다고 하니 습관을 바꿔보면 어떨까? 그에게 말을 건네 보았지만, 그것만은 타협할 수 없다고 했다. 자기가 깨끗하게 청소하고 사용할 테니 강요하지 말란 말에 나도 딱히 할 말이 없었다.

남편은 샤워할 때마다 화장실을 깨끗이 청소했고, 나도 더 이야기를 꺼내지 않았는데, 어느 날 남편이 습관을 바꿨다. 첫아이가 태어나 아장아장 걷기 시작하면서 화장실 변기를 잡고 있는 것을 몇 번 목격한 뒤로 바로 습관을 바꿔 버린 것이다.

부인이 바꿔 달랄 때는 안 바꿔 주더니, 아기에게 비위생적이라는 생각이 드니까 타협할 수 없다던 습관을 하루아침에 싹 바꿔 버린 것이다. 기저귀를 뗀 후 평생 서서 소변을 보던 남편인데, 변화를 완강히 거부하던 그 오랜 습관을 그때부터 단칼에 바꿔 버렸다.

나는 이것이 사랑이라고 느꼈다. 남편이 서서 소변보는 습관은 배우자에게는 치명적이지 않을 수 있지만, 아기에게는 다르다. 아기는 화장실 휴지를 풀어 변기에 넣기도 한다. 또 청소하는 사이에 손으로 변기 물을 휘휘 저으며 놀기도 한다. 그러니 변기야말로 가장 위생적이어야 했다. 아이는 그렇게 깨끗한 화장실에서 자랄 수 있었고, 동생이 태어난 후 모두가 아빠에게 배워 우리 집 세 남자는 앉아서 소변을 보게 되었다.

어린이집이나 유치원에서는 서서 소변을 보니, 그게 편리했는지 아이들은 집에서도 서서 소변을 보려 시도했다. 몇 번은 눈

감아 주기도 했다. 그러면서 서서 소변을 보면 어떤 일이 일어나는지 설명해 주니 큰아이는 잘 따라 주었는데, 둘째는 가끔 엄마 눈을 피해 서서 보기도 했다. 그렇지만 둘째도 초등학교 이후로는 잘 지켜서 지금은 완전히 습관으로 자리 잡았다.

물론 화장실에서 앉아서 볼일을 보는 것만으로 악취가 완벽하게 사라지는 것은 아니다. 그래도 소변 방울이 작게 부서지며 공중으로 퍼지는 것의 상당수는 막을 수 있다고 한다. 일단 바닥에 흘리는 일이 없으니 확실히 화장실 관리가 수월해진다. 남편의 직장 근무지가 지방일 때가 간간이 있어 그럴 땐 화장실 청소가 온전히 내 몫이 되지만, 이 작은 습관의 변화가 내게 청소의 부담을 덜어준다.

가끔 성격 급한 둘째가 서서 볼일을 보다 흔적을 남기면 형아가 잔소리를 한다. 밖에서 흔적을 남기지 말라고, 다른 사람들이 불편해한다고. 이것 또한 사랑이다. 티격태격 싸우는 사이에도 형은 동생이 밖에 나가 남에게 푸대접받는 것을 걱정하는 것이다.

나도 가끔씩 아이들이 흔적을 남기면 그걸 반드시 본인이 치우도록 한다. 그렇게 주변을 정돈하도록 가르친다. 아직은 어리고 남자아이들이라 꼼꼼하지 못하지만, 자신이 어지르고 더럽힌 것을 스스로 치우게 하면서 주변을 한 번씩 돌아보게 가르친다.

자신이 만든 쓰레기를 정돈하는 것, 주변을 정돈하는 것은 타인에 대한 배려와 사랑이다. 먹던 과자 봉지를 휙 두고 가버리거나 음식을 먹고 그릇을 정돈하지 않으면, 성인이 되었을 때 다른 사람들로부터 존중과 사랑을 받지 못한다.

얼마 전, 늦은 퇴근을 하며 큰애에게 냉장고에 해동해 둔 찜닭을 꺼내 볶아 달라고 부탁했다. 아이는 밥을 안치고 웍을 꺼내 익숙하게 볶기 시작했다. 곧 학원에 갈 아이에게 밥을 먹여야 하는데 10분의 시간이 아쉬워 요리의 앞부분만 부탁했던 것이다.

집에 돌아온 나는 손을 씻고 주방으로 들어갔다. 아이는 끝까지 자기가 할 수 있다고 했지만, 이제는 엄마가 하겠다고 가스레인지 앞에 섰다. 아이는 내 옆에 서서 구경하며 한마디를 한다. "엄마는 어떻게 이걸 매일 해요? 나는 잠깐 불 앞에 있어도 이렇게 더운데…."

살림하는 부모의 고단함을 알아주는 것, 청소의 어려움을 아는 것 또한 사랑이다. 아이들을 사랑이 많은 사람으로 자라게 하고 싶다. 그 사랑이 타인을 향한 관심과 이해로 확대되기를 바란다. 이런 관심과 이해가 배려심 많은 따스한 사람으로 자라나게 할 것을 믿는다. 내 남편이 그랬던 것처럼 말이다.

모성애를 강요하지 말라

세상의 초보 엄마들에게 전하는 위로

큰일 났다, 정말 큰일이다. 그땐 가슴에 무거운 돌을 얹어 놓은 것처럼 마음이 답답했다. 첫 생리를 시작하고 생경한 복통에 시달리다 겨우 잠자리에 누웠다. 이제까지 옆으로 누워 자던 어린 소녀는 혹시 이불에 묻을까 걱정이 되어 천장을 바라보고 똑바로 누워 잠을 청했다. 몸은 무겁고 졸린데, 자세를 바꾸어 잠을 자려니 잘 수가 없었다.

자다 깨서 시계를 보면 20분이나 흘렀을까. 뒤척이지도 못하고 관에 누운 것처럼 천장을 바라보고 밤새 자다 깨다를 반복하며 든 생각은 '남은 평생, 3주를 보내면 1주일은 이렇게 살아야 하는구나'였다. 무섭고 두려웠다. 여자라기보다는 아이에 가까운 어린 소녀에게, 엄마가 될 수 있는 모성의 시작은 두려움이었다.

첫아이를 출산하고 아기와 집으로 돌아온 첫날. 예정보다 3주나 먼저 아기가 태어나, 산후조리를 해주실 아주머니는 열흘 후에나 오실 수 있었다. 시어머니가 지방에서 올라오셔서 친정엄마는 머물 곳이 없었다. 모든 일이 꼬여서 아무것도 모르는 초보 엄마는 혼자 밤새 우는 아기를 달래고, 젖을 먹이고, 기저귀를 갈아주었다.

아기가 잠이 들면 나도 살포시 잠이 들었다가 아기가 다시 울면 일어나서 모든 것을 반복했다. 아기가 다시 울어 비몽사몽 시계를 바라보니 겨우 20분이 흘렀을 뿐이다. 게다가 아이가 왜 우는지 도대체 알 길이 없었다.

그때, 오래전 어린 소녀가 느꼈던 두려움이 다시 다가왔다. 큰일 났다. 내 인생은 정말 큰일 났구나. 잠들 수 없는 초보 엄마에게 밤은 너무나 긴 전쟁이었다. 아기가 태어나면 저절로 모성애가 넘쳐나 오롯이 아기만 걱정하게 될 줄 알았지만, 잠을 자지 못하고 내 몸이 괴로우니 아기보다는 나에 대한 걱정이 앞섰다.

그렇게 전쟁 같은 하룻밤을 더 보내고, 신생아 정기검진을 받으러 갔다. 너무 작은 아기 발에서 채혈할 때 아기가 놀라서 울기 시작했고, 당황한 나도 아기의 아픔이 전해져 같이 울었다. 아기의 황달 수치가 너무 높아 종합병원으로 옮겨 바로 입원을 시켜야 했다.

신생아 집중치료실 앞에서 간단하게 설명을 하고는 간호사가 아기를 안고 들어가 버렸다. 내 팔에는 아기를 감싸던 겉싸개만 남았다. 아기 없이 빈 이불을 들고 집으로 돌아오니 눈물이 핑 돌았다. 그래도 잠을 푹 잘 수 있다는 생각에 반가운 마음이 들었지만 그런 생각이 들자마자 나는 모성애가 없나, 하는 죄책감이 들었다.

우는 아기가 없으니 잠을 푹 잘 수 있었지만 새벽에 한기가 들어 일찍 눈이 떠졌다. 축축하게 잠옷의 가슴팍이 모유로 젖어 있었다. 이제 내 몸도 내 마음대로 조절이 안 되는 젖먹이 엄마가 된 것이다. 그 어색한 몸으로 아기 먹일 모유를 유축하고, 보랭 백에 담아 면회를 갔다. 열 달을 품었지만, 얼굴을 본 지는 일주일이 채 안 된 초보 엄마. '아기도 나도 초면이라 어색한 거야'라고 되뇌며 병실로 들어갔다.

아기는 광선치료를 받느라 눈에 안대를 고정하고 있었다. 아무것도 못 보는 상태에서도 "엄마 왔어." 하는 내 목소리를 듣자 아기는 꿈틀대며 온몸으로 반응했다. 간호사가 "어머, 얘가 엄마 목소리도, 냄새도 아네요!"라고 말을 건넸다. 아기를 안아 들자 나의 작은 아기는 앞도 볼 수 없는 상태로 내 가슴을 파고들었다.

그때였다. 온통 내 몸에 흐르는 모성애를 처음 느낀 순간이었다. 혼자서는 아무것도 할 수 없는 여리고 작은 존재가 '나'라는 인간을 온전히 의지하는 그 순간, 엄마가 되어간다.

어린 아기는 너무나 약한 존재라 부모의 손길이 5분만 없어져도 큰 사고로 이어질 수 있다. 아기가 다쳐서 응급실로 업고 뛰던 날의 나의 마음, 밤새도록 설사를 해서 나중에는 축 늘어진 아기를 안고 울면서 씻기던 나의 마음, 찻길로 뛰어들까 항상 잡은 손을 놓지 못하고 관찰하던 아빠의 마음, 동네 놀이터에서 눈 깜짝할 사이에 없어져 온 동네를 미친 여자처럼 뛰어다니며 울던 마음…. 이런 간절함이 아이를 자라게 한다.

방긋방긋 웃는 귀요미만 사랑하게 되는 것이 아니라 이런 애절한 마음이 같이 쌓이면서 부모와 아이의 애착이 형성된다. 아이는 그냥 자라지 않는다. 부모의 걱정과 관심, 사랑과 애정 어린 손길로 자란다. 이런저런 일들을 함께 헤쳐나가며 진짜 가족이 된다. 낳은 정도 무섭지만 키운 정이 더 끈끈한 이유가 여기에 있다.

둘째가 6개월 즈음에 장염에 걸려 하룻밤 새에 여덟 번이나 설사를 했다. 아기가 장염에 걸려 변을 보면 그냥 물티슈로 닦을 수 없다. 미지근한 물로 아기 엉덩이를 씻겨야 하는데 욕실 조명을 끌 수도 없어서 아픈 아기는 천장을 바라보며 밝은 조명에 눈을 찡그리며 울었다. 눈이라도 가려주면 좋겠는데 아기 아빠는 큰애를 데리고 자니까 도와줄 수도 없었고, 그저 신속하게 씻기고 같이 잠들 수밖에 없었다.

아기가 변을 볼 때마다 나는 천근만근 피곤한 몸이지만 신기하게도 귀로 먼저 듣고 눈이 떠지고 몸이 일으켜졌다. 하지만 여덟 번은 그야말로 전쟁이었다. 내 몸도 너무 힘들었는데 다섯 번을 넘어가자 욕실 조명을 켜도 진이 빠진 아기는 눈을 뜨지도 못하고 늘어져 있었다. 차라리 눈이 부시다고 우는 게 나았다. 조그만 몸으로 저렇게 쏟아내느라 지친 아기를 보니 내 몸 힘들다고 투정한 나 자신이 부끄러웠다. 아기는 몸으로 전쟁을 치러내고 있었는데 눈도 못 뜨고 있으니 너무 미안해서 눈물이 펑펑 쏟아졌다. 그렇게 또 엄마가 되어갔다.

아기는 돌 이전까지 자주 아플 수밖에 없고, 초등 저학년까지는 각종 전염병에 시달리고 병원을 마트 드나들 듯 다닐 수밖에 없다. 아이가 열이 나면 부모는 아이를 간호하며 두 시간마다 체온을 재고, 약을 먹이고, 그래도 열이 떨어지지 않으면 미지근한 물에 적신 수건으로 아이를 닦아내며 열을 내리게 한다.

잠도 제대로 못 자고 몸은 천근만근이지만, 이튿날 아침이 오면 아이를 맡기고 멀쩡하게 일을 나가야 한다. 아이는 아플수록 떨어지지 않으려고 떼를 쓰고, 그 아픈 아이를 떼놓고 나가는 부모의 맘은 전혀 멀쩡하지 않지만, 할 수 없다.

일을 하는 것, 돈을 버는 것이 부모가 되기 전에는 그냥 나를 증명하는 수단이었다면, 아이가 생긴 후엔 나의 일과 나의 직장이 우리들의 밥벌이가 된다. 밥을 벌어야 비로소 내가 아이를 부양할 수 있다는 것을 뼈저리게 깨닫는다. 아이는 사랑스러움 그 자체이며 나의 온 우주다. 그 우주는 내 몸과 정신을 온통 사로잡아 나를 일으키고, 나를 일하게 한다.

2021년 오스카상 시상식에서 배우 윤여정 씨는 여우조연상 수상 소감 중에 이런 말을 들려주었다. "사랑하는 두 아들에게도 고맙다고 말하고 싶네요. 저를 일하게 만든 아이들이요. 사랑하는 아들들아, 이게 엄마가 열심히 일한 결과란다."

그 말을 듣고 나는 목이 메었다. 그 부분을 몇 번을 반복해서 보았다. 부모는 자식이 내 등에 올라탄 것을 기꺼이 반기며 그 자식을 위해 자신의 일상을 온전히 함께 나누고 인생을 저당 잡혀준다. 세상 어느 존재에게 한 인간이 이렇게 할 수 있는가. 오직 자식일 뿐이다.

모성애를 강요하지 말라. 방긋방긋 웃는 예쁜 아기를 볼 때만 모성애가 샘솟지 않는다. 아픈 아기 둘러업고 병원 응급실로 뛰어다니며 고열로 축 늘어진 아기를 어루만질 때, 장염으로 밤새워 설사하는 아기를 1시간 간격으로 자다 깨서 물로 엉덩이 닦아주고 기저귀를 갈아줄 때, 새벽에 깨서 이유 없이 대성통곡하는 아기를 업고 달랠 때, 내 눈꺼풀은 너무 무겁지만 아기를 업은 거실 창밖으로 희붐하게 날이 밝아올 때 모성애는 천천히 쌓여간다.

아이를 기른다는 것은 여전히 내게는 두려움이다. 내가 눈을 감는 그날까지 이 두려움은 계속될 것이다. 그러니 세상의 모든 초보 엄마들에게 위로한다. 어린 소녀일 때부터 우리는 조금씩 두려움에 준비를 해왔으니, 미안해하지도, 마음을 조급하게 먹지도 말라고.

인사를 잘하면
걷다가도 떡이 나오나

아이들의 배꼽 인사를 생각한다

개인주의가 팽배하고 타인에게 관심 없는 세상이 왔다 한들 어디 사회생활이 그러하던가. 인간으로 태어났으니 어린이집부터 조직 생활은 피할 수 없는 숙명이다.

학교에서든 직장에서든 인사 잘하고 잘 웃는 사람은 어디서든 환영받는다. 웃으면서 인사하는 사람에게 누가 뭐라 할 것인가. 그러니 부모들은 자녀가 어딜 가든 인사 잘하는 아이가 되기를 바라고 교육한다.

내 아이가 어릴 때 열심히 인사를 시켰다. 작은 아기가 배꼽 인사를 하면 집안 어른부터 동네 어르신들까지 그렇게 좋아하실 수 없었다. 나는 아기가 귀여움을 받는 것이 내심 뿌듯하여 열심히 인사를 가르쳤다.

아기들이 자라 어린이집에 가면서 더 놀라운 사실을 알게 되었다. 큰아이는 밥을 골고루 잘 먹고 건강한 아이였는데, 그중에서도 어린이집 간식과 밥을 너무나 좋아했다. 아이는 어린이집에 가면 교실에 가기 전에 주방으로 직행해서 꼭 주방 선생님께 인사를 먼저 한다고 했다.

"주방 선생님, 안녕하세요? 오늘은 어떤 맛있는 걸 해주시나요?"

아이는 주방 선생님의 사랑을 듬뿍 받아 건강한 아이로 자랐다.

둘째는 자기주장이 강하고 자기 생각대로 움직이는 아이라 인사를 잘 하지 않았다. 그 무렵 큰아이도 잘 하던 인사를 그만두었다. 승강기에서 이웃들을 만나도 인사를 하지 않고 내 뒤로 숨기 바빴다. 두 아이 모두 인사를 하지 않으니 내 마음이 불안해졌다.

나의 사려 깊은 친구에게 물어보았다. 이 친구는 아이들을 예의 바르게 키우는 엄마였고, 아주 어린 시절부터 나의 단짝이었다. 어릴 적부터 경우가 바르고 생각이 깊어 내가 살면서 고민이 생기면 잘 털어놓는 친구다.

"요즘 우리 애들이 사람을 보고도 인사를 안 하네? 어떻게 해야 해?"

"하기 싫을 때도 있지. 강제로 시키지 말아야 해. 애들도 하고 싶으면 하겠지."

"그래도 부모가 가르쳐야 하지 않을까? 이제까지 잘했는데…."

"아이가 인사를 안 하면 불편한 사람이 애들이니, 부모니? 부모 마음 편하자고 억지로 시킬 필요 없어. 애가 시간이 지나 인사를 잘하게 되면 좋지만, 그렇게 안 되어도 할 수 없는 거야."

친구의 말이 맞았다. 아이가 인사를 안 하면 불편한 사람은 나였다. 그래서 나도 아이들이 하고 싶은 대로 두고, 내가 열심히 인사를 하고 다녔다. 그렇게 시간이 조금 더 흐르자 큰애는 다시 인사를 잘하기 시작했다. 어느 순간부터는 형을 보며 둘째도 같이 인사를 하기 시작했다.

아이들은 인사를 아는 사람에게만 하는 것이 아니라 지나는 모든 어르신들, 특히 70대 이상 노인분들에게 집중해서 하기 시작했는데 요즘 인사하는 아이들이 많지 않아 동네 할머니들이 우리 아이들을 기억하고 예뻐하셨다.

마트에 가서도 눈이 마주치는 어른들에게는 "안녕하세요?" 하며 인사를 한다. 20대 여성들에게도 예외는 없다. 그러자 어느 젊은 여성은 그 인사를 받곤 옆 친구에게 "혹시 너가… 아는 애니?" 하고 뻘쭘하게 물었다. 이 상황이 너무 재밌어서 "우리 애들이 어른 보면 인사를 해요!" 하니 우리 아이들을 사랑스레 쳐다보고 깔깔 웃으며 지나갔다.

아이 하교 시간 즈음에 간식을 만들고 있었는데 큰아이가 집에 들어서면서 눈물이 글썽해서 들어왔다. 손에는 만 원짜리가 쥐어져 있었다.

"무슨 일 있었어? 왜 울려고 그래?"

"엄마! 어떤 할머니한테 인사를 했더니 할머니가 이렇게 인사 잘하는 아이가 있냐며 용돈 하라고 만 원을 주셨어요. 제가 괜찮다고 사양을 계속했는데 할머니가 손에 쥐어주고 가버리셨어요. 나는 그 할머니가 누구신지도 모르고, 돌려드릴 방법도 없어서…."

아이는 모르는 분에게 큰돈을 받아서 많이 놀랐던 거다. 큰애 말대로 모르는 분이라 돌려드릴 방법도 없어서, 할머니가 기특하게 생각하고 주신 돈이니 그 돈은 맘대로 사고 싶은 것을 사라고 했다. 큰애는 동네 편의점에서 동생과 간식도 사고 동전을 넣으면 조악한 장난감이 나오는 뽑기도 하면서 탕진잼을 누렸다.

한편, 작은아이는 인사를 하다 봉변을 당하기도 했다.

"엄마, 오늘 어떤 아저씨한테 인사하다가 맞을 뻔했어요."

"어? 인사를 하는데 왜? 괜찮아?"

"'안녕하세요?' 했더니 저를 때리려고 해서 도망쳤어요!"

아이의 말을 들어보니 옆 라인에 사는, 지적장애가 있는 청년이었다. 오며 가며 청년이 운동하는 것도 보았고, 그 어머니가 애쓰는 것도 보았기에 나는 차분히 설명해 주었다. 그 형아가 놀라서 그랬을 수 있고, 낯선 사람을 두려워하는 마음이 클 수 있으니 굳이 가서 인사를 하지 않아도 된다고 했다.

이렇게 여러 일을 겪으면서 아이들은 자연스레 인사를 해야 하는 사람들을 알아보는 눈이 생겼다. 한국에서는 노인과 아기를 제외하고 모르는 사람이 인사를 하면 불편해한다. 특히 젊은 친구들은 모르는 아이가 인사를 하면 놀라기도 해서, 아이들도 자연스레 중·장년과 노인분들에게만 집중해서 인사하기 시작했다.

어느 날, 우리가 외식을 하러 나선 길이었다. 지하 주차장에서 우리 식구들이 엘리베이터를 탔고, 한 60대 아저씨가 1층에서 승강기에 오르셨다. 우리 아이들은 자연스레 "안녕하세요?"를 외쳤고, 그 아저씨는 깜짝 놀라신 표정에 웃음으로 인사에 화답하셨다.

"요즘에 이렇게 인사를 잘하는 아이들이 어디에 있니? 부모님이 잘 가르치셨구나?"

"하하. 아니에요." 나는 겸연쩍게 대답을 했다.

"어디 보자, 설이 가까우니 세뱃돈을 줘야겠다!"

아저씨는 지갑을 열고 2천 원씩 아이들에게 나누어주셨다.

나와 남편, 아이들은 극구 사양했지만 아저씨는 너무나 즐거워하시며 돈을 주고 가버리셨다. 요즈음 인사하는 아이들이 얼마나 귀한지 알 수 있어서 즐겁기도 하고 생각이 많아졌다.

아이들은 자라면서 수시로 변한다. 내 아들들도 엄마 말을 잘 듣는 품 안의 자식이었지만, 이제는 엄마보다 훌쩍 커버린 청년 같은 청소년이 되었다.

폭풍 성장을 한 아이들에게 잔소리해봐야 귀에 들어오지 않겠지만 부모의 마음은 다 같은 마음이다. 인사 잘하고 예의 바르게 행동해서 내 아이들이 어딜 가나 환영받고 사랑받기를 바라는 마음이 그것이다.

그렇지만 내 친구가 들려준 말처럼, 인사 습관은 강제로 시켜서 될 일은 아니었다. 부모 마음 편하자고 억지로 시킨다면 아이들도 그 억지스러움을 다 알아채고 만다. 내 품에서 놓아줄 때는 놓아주어야 한다.

부모가 먼저 남들에게 예의를 지키고 인사를 잘한다면, 아이들은 우리 품 안에 있을 때 형성된 습관을 잊지 않고 좋은 어른이 될 수 있을 거다. 아이들은 수시로 변하지만, 또 무언가는 그 안에서 꿋꿋하게 변하지 않은 채 남아 있는 것도 분명했다. 아이들을 오랫동안 지켜보며 내가 내린 결론이다.

너는 게임에서 무엇을 배울 수 있겠니

내 속은 조금 쓰릴지라도

큰아이는 평범한 남중생처럼 게임을 즐겨 한다. 그중에서도 '롤LOL' 게임을 가장 즐겨 하는데 게임 음악까지 심취해 게임 OST를 연주하는 오케스트라 콘서트에 혼자 가기도 하고, 잠들기 전에는 게임 방송을 하는 팟캐스트를 찾아 듣는다. 얼마 전에는 한 팟캐스트에서 주최하는 게임 대회에도 나가게 된 모양이다. 우리 아이를 제외하고는 전부 성인 남성분들인 길드에 소속된 듯했다.

혼자 게임할 때는 잘 안 풀리면 욕도 하고 소리도 치더니, 이 아재들이랑 같이 게임할 때는 존댓말을 쓰며 절대 욕을 하지 않는다. 그 변화가 놀라워 본인 과제를 완수하면 게임 시간을 넉넉히 주었다. 그 아저씨들과 대회에 같이 나간다고 해서 그런가 보다 했는데, 몇 주를 두고 거길 참가하더니 우승은 못 해도 좋은 성적을 거둔 듯하다.

아이는 항상 깍듯하게 인사를 하고 게임 시작 전부터 이런 저런 일들을 잘 챙기니, 아저씨들은 유일한 중학생인 우리 아이를 시험 기간에는 대회에서 빼주고 다른 날 넣어주는 센스를 보여주었다. 그렇게 대회가 끝나고, 길드원 중 한 아저씨가 직접 농사지어 말린 감자차를 보내주었다. 우리 가족 모두는 아이 이름으로 온 택배를 신기해했고, 큰애는 커다란 주전자에 감자차를 끓이며 아주 뿌듯해했다.

남편은 아이가 참가하는 모든 게임을 온라인으로 관전했다. 아이가 듣는 팟캐스트 게시판도 열심히 모니터링하는 눈치다. 아이가 너무 게임에 몰두하는 것 같아 내가 걱정하자 남편이 아들의 이야기를 들려주었다.

한 아저씨가 언젠가 게시판에 이런 글을 썼다고 한다. 자기 길드원 중에 중학생이 있는데, 이 아이가 얼마나 인사성이 바른지 게임을 하러 들어오면 "안녕하십니까? 다들 식사는 하셨습니까?" 하고 꼬박꼬박 챙기는 것이 너무 기특하다고 하더란다. 자신도 그만한 자식이 있는데 요즘 이런 아이들이 별로 없어서 신통하다며 칭찬을 늘어놓았다고.

그 이야기를 듣고 나도 안심이 되었다. 길드원 아재들의 사랑을 듬뿍 받는 큰애가 여름방학을 맞자 또다시 집으로 커다란 택배 상자가 배달되었다. 길드원 아재들이 방학에 간식 보급 차원에서 종합 과자 선물세트를 보내주셨던 것이다. 아이는 아재들의 과자 선물세트를 일주일간 두 세트나 받아 싱글벙글이다.

큰애 덕에 온 식구가 둘러앉아 행복하게 과자를 먹는다.

인사를 굳이 왜 해야 하는 것인가? 아이들을 통해 배운다.

인사를 건네며 타인에게 관심을 갖고 따스한 시선으로 바라보는 것, 그것이 인간관계의 시작이며 소통의 시작이다. 관심을 가지면 타인의 감정과 처지에 공감할 수 있다.

언젠가 큰아이가 유모차 없이 계단을 올라가는 미취학 앞집 동생들을 위하여, 자신도 승강기 타는 걸 포기하고 동생들과 같이 걸어 올라오더란 얘기를 들은 적이 있다. 젊은 엄마는 웃으면서 요즘 저런 친구가 없다며, 나중에 꼭 사위 삼고 싶다는 말을 해주었다. 그 말을 들으니 '그래, 내 자식이 나보다 훌륭하구나' 하는 생각이 들었다. 내 아이가 인사를 잘하고 타인을 배려하는 사람으로 성장하는 것 같아 그저 감사하다.

게임의 세계에서도 어른들에게 그런 예의와 배려를 배우고 또 실천하고 있는 것 같아 기쁘고 다행스러웠다. 인사를 잘하면 걷다가도 떡이 나온다는 말은 틀린 것이 아니었다. 우리 집에 배달된 감자차와 종합 과자 세트가 그것을 증명한다.

나도 물론 내 아이가 공부 잘하고 엘리트로 자라나기를 바라는 속물근성을 갖고 있다. 어쩔 수 없이 아이가 잘되고 사회적으로 성공하길 바라는 부모의 마음을 지니고 있지만, 그건 내가 욕심부리고 바란다고 되지 않을 것을 잘 안다.

인성도 마찬가지다. 내 아이들은 현재 사춘기의 호르몬이 끓는 남자아이들이고, 하루에도 몇 번은 엄마 속을 뒤집어 놓는다. 그래도 나는 아이들이 따스한 심장을 지닌 훌륭한 시민으로 자라날 것을 믿고 기대한다. 아이들의 인사 습관에 신경을 쓰며 오랫동안 공을 들인 내 노력도 헛된 것은 아니었을 테니까. 부족하지만 나도 그렇게 따뜻하고 훌륭하게 살려 노력했으니까….

그깟 공부, 흥! (속 쓰린 파이팅이다)

나의 친애하는 주방에서

3부

살림은 정성이 아니다

정성 같은 소리 좀 그만하세요

정성: 온갖 힘을 다하려는 참되고 성실한 마음.

새댁 시절, 제주도에 사시는 큰아주버님 댁으로 온 가족이 모여 한여름의 어머님 생신을 치르기로 했다. 아들 셋 중 막내인 남편만 아이가 아직 없었고, 성인 여덟 명에 아이들이 세 명이었으니 대식구들이 모였다. 2박 3일간 한 끼니 먹을 때마다 잔치 수준으로 판이 벌어졌다. 외식도 했지만 집에서 차리고 치우는 일이 보통 일이 아니었다.

점심을 먹는 중에 큰아주버님의 첫째 아이가 낮잠이 들었다. 아직 아기이니 자연스러운 일이었지만, 점심을 굶고 잠들었으니 시어른들의 걱정이 이만저만이 아니었다.

아이가 일어나면 남은 국 데워서 먹이면 되겠다는 이야기를 하고 있는데 마침 밥이 똑 떨어졌다. 큰형님은 즉석밥이 하나 있으니 그걸 데워 먹이면 된다고 하셔서 맘이 놓였다. 그러나 웬걸, 시어른께서 언짢은 기색이시다. "아이 밥을 먹이는 것을 정성으로 해야지, 그런 즉석밥이나 먹이면 되겠냐." 그 말씀에 며느리들은 부랴부랴 쌀을 다시 씻고 밥을 안쳤다. 물론 나를 포함한 세 며느리의 표정은 다들 좋지 않았다.

기독교 신앙을 지닌 집에서 태어나 제사를 한 번도 치러본 적이 없었다. 결혼해서 처음 치러본 제사와 차례는 내게 엄청난 문화 충격이었다. 해산물(생선, 조개류, 말린 생선, 해조류 등)에 고기류, 나물, 과일이 종류별로 너무나 많아서 그 장을 보는 데에도 하루가 넘게 걸렸다. 말린 생선 종류는 어머님이 몇 주 전부터 예약해 확보를 해놓으셨고 미리 봐야 할 장, 전날 봐야 할 장, 당일에 봐야 할 장 등 장보기부터 고난도의 노동이었다.

태어나서 처음 보는 생선 구경에 신기하기도 했는데, 서울에서는 잘 먹지 않는 돔배기나 갑오징어가 그랬다. 나물도 종류별로 양이 얼마나 많은지 다듬는 데도 시간이 아주 많이 걸렸다. 서울에서 보기 힘든 박나물도 신기하고 맛이 담백했는데 시금치, 도라지, 고사리, 콩나물, 미역나물에 박나물까지 있으니 나중에는 나물을 쳐다보는 것도 힘들었다. 이렇게 제사나 차례 전날에 재료 다듬는 것을 마무리한다.

다음 날 아침, 산적을 꼬치에 꿰는 것을 시작으로 주방 식탁을 밀고 가운데에 커다란 돗자리를 깔고 대형 전기 프라이팬을 놓고 갖가지 전을 부치기 시작한다. 넓은 채반에 깨끗한 종이를 깔고 넓적한 쟁반에 밀가루를 넓게 뿌리고, 달걀을 한 판 옆에 두고 열 개 정도 까서 소금간을 하고 젓가락으로 골고루 푼다. 동태와 새우에 밑간을 해서 부쳐낸다. 산더미처럼 많이 다듬은 정구지(부추)를 먹기 좋게 썰어 큰 보올(흔히 '다라이'라고 말하는 대형 김치 버무리는 통)에 넣는다. 조갯살과 멸치 육수, 땡초(청양고추)와 방앗잎을 믹서에 갈아 밀가루를 섞고 농도를 맞춘 후, 얇고 넓게 정구지 찌짐(부침개)을 부친다.

'얼마나 얇게 부치는가'가 찌짐 맛의 관건인데, 그러니 반죽의 양이 줄어드는 속도가 더디다. 두어 시간 정구지 찌짐을 부치고 나면 허리가 너무나 아프다. 잠시 믹스커피를 마시고 육전과 꼬치 산적을 부치고 나면 그 팬에 탕국에 넣을 두부를 굽고, 갑오징어도 굽고, 돔배기와 전복도 간장으로 조려낸다. 넓은 채반 세 개 정도를 다 채우고 나면 나물을 무칠 차례. 어제 다듬어 놓은 나물들을 종류별로 삶고 무치고 볶는다. 이것도 큰 '다라이'에 한가득!

이제 탕국을 끓일 차례. 거의 다 왔다. 끝이 보인다. 탕국에는 재료가 정말 다양하게 들어가는데 전부 작게 썰어서 끓여야 한다. 박과 무를 얇게 썰고, 해산물들을 작게 썰고, 소고기도 작게 썰고, 아까 부쳐서 물기를 빼놓은 두부까지 썰어 넣고 오래 끓이면 아주 시원한 국이 완성된다.

예전에 음식을 만들고 난 후 목욕탕에 가는 문화가 참 신기했는데 직접 이 일을 해보니 알겠더라. 아침부터 기름에 절어 전

부치고 음식을 만들면 오후에 머리와 피부 모공에서 기름내가 진동한다. 목욕탕에 시어머니와 며느리들이 단체로 가는 것도 처음엔 너무 이상했는데 당장 냄새가 진동하니 이것도 그냥 따라가게 되었다. (그 이후로는 다시 가지 않았지만.)

이렇게 음식을 수고롭게 장만하고 집에 돌아오면 저녁을 할 시간이다. 아까 장만한 음식을 덜어내고 고기를 굽다 보면 머리엔 다시 냄새가 진동하고 몸도 아프다. 겨우 고기를 다 굽고 식구들 먹인 후, 상에 앉아 술 한잔씩 하면서 덕담을 듣는다. 그때 시어른께서 굳이 안 해도 될 말씀을 하신다.

"오늘 참 고맙다. 제사, 차례 음식을 장만할 때 기쁜 마음으로 정성을 다해서 해라."

마시던 술이 목에 걸린다. 가슴속에 불이 치민다. 이 모든 과정을 다시 복기해 보자. 여기서 정성이 빠진 단계가 어디 있나? 덕담으로 하시는 말씀인 거 다 알지만, 나는 일면식도 없는 남편의 조부모를 위한 상을 준비했다. 어차피 식구들 먹는 음식이려니 생각하면서, 그 지루하고 고단한 노동을 힘들다 힘들다 하면서도 다 해냈다. 장보기부터 식재료 장만, 음식 장만, 뒤처리에 사이사이 끼닛거리를 만들었다. 여기에 더 무얼 보태야 하나.

아이를 키우면서도 '정성으로 키우라'는 덕담을 들었다.

열 달을 품고, 내 몸을 찢어가며 출산을 하고, 익숙하지 않은 모유 수유를 하느라 하루에 8시간씩 안고 젖을 먹였다. 이유식을 준비하고 또 밥을 먹이면서, 매 순간 그저 묵묵히 그 일을 해냈다.

이유식 만드는 과정도 제사나 차례 상에 비하면 쉽지만 만만치 않게 품이 드는 일이다. 이유식은 이 없는 아기들이 씹지 못하니 작은 목구멍에 걸리지 않도록 준비해야 한다. 모든 재료를 작게 썰고 부드럽게 만드는 과정은 그 자체가 정성이다. 거기에 더 정성을 들이라는 것은 역도 선수가 최대 무게를 있는 힘을 다해 간신히 들었는데, 거기에 1킬로그램짜리 덤벨을 올리는 것과 같다.

정성을 다하라는 말은 모든 것을 무너뜨린다. 그것은 정성에 관한 모독이고, 정성을 자신의 잣대로 평가하려는 오만한 어리석음이다. 이유식을 직접 만드는 게 정성이라고? 정성은 남이 강요하는 것이 아니다. 나는 밥벌이를 하느라 시간이 없거나 체력이 달리는 아기 엄마는 시판 이유식의 도움을 꼭 받으라고 말한다. 아이 건강에 좋은 이유식을 만드는 곳을 찾아서 주문하는 것도 큰 에너지가 드는 '정성'이다.

직장을 다니는 것도, 아침에 출근 준비를 하면서 아이들 밥 먹이는 것도, 출근해서 간간이 아이들을 챙기는 것도, 퇴근하자마자 집으로 출근하는 것도 전부 숨 쉬듯 하는 일상이다. 이 일상에 정성은 빠질 틈도 없지만 새롭게 추가될 것도 없다. 최선을 다해 일하고 자신의 인생을 살아가는 것이 정성 그 자체다. 더 화가 나는 건 정성을 다하라는 말은 대체로 여성, 아이 엄마에게 적용된다는 것이다. 어른들이 아들이나 사위에게 정성을 다하라고 말씀하시는 것은 들어본 적이 없다.

살림과 육아는 정성이 아니고 그냥 일상일 뿐이다. 직장에서 소진한 에너지의 잔량을 모아 집에 돌아와 마지막 방전에 이르기까지 모든 과정이 전투이며 정성의 에센스다. 하루하루 살아내는 일이, 식구들은 건사하는 일이 그 자체로 저글링인데 정성이라니….

그 정성이 부족해 보이면 눈에 보이는 사람이 그 사람을 정성껏 도울 일이다. 남의 일에, 인생에 정성을 다하라는 말은 쓸데없는 말이다. 할 필요가 없는 말이다.

정성은 그 일을 감내하는 자가 자발적으로 마음을 기울이는 행위이다. 가족이라는 이름으로, 직장에서 상사라는 이름으로 강요할 일이 아니다. 자기의 인생에 정성을 기울이지 않는 사람은 어디에도 없다. 모두가 자기의 인생을 걸고 매 순간 정성을 다해 전쟁 중이니 그놈의 정성 타령 좀 넣어 두자.

즉석국이 대체 무슨 죄가 있나

그 끝나지 않는 밥, 밥, 밥

2020년 3월, 코로나19 바이러스로 개학이 무기한 연기되었다. 뉴스를 보니 돌아가는 일이 심상치 않다고 느꼈고, 개학 연기를 어느 정도 예상했다.

나는 학교에서 학생들을 오래 가르쳤다. 아이들은 학교에 오면 서로 얼굴을 마주하고 얘기하고 웃고 떠들며 침을 튀기기도 하고, 밥을 먹으면서 서로 싫어하는 반찬을 바꿔 먹기도 하며 즐겁게 학교생활을 한다. 이런 활동을 전면적으로 금지하더라도 오랜만에 만난 친구들과 서로 말하지 말라는 건 일단 불가능하다. 아이들은 금세 어른들의 잔소리를 잊고 즐거움을 추구하기 마련이다.

그런 건강한 욕망을 탓할 수도 없다. 화장실이든 운동장이든 교사의 눈길이 미치지 못하는 사각지대가 있을 수밖에 없다.

그러니 이 전염병의 확산이 수그러들 때까지 가급적이면 집에 머무르도록 하는 게 안심이다.

다만 맞벌이 부부, 특히 어린아이를 둔 부부들이 참 힘들어졌다. 어서 이 병이 지나가기만을 기도하는 수밖에. 아이들 데리고 외식하기도 힘들어 집에서 이 비상 상황에 세 끼니를 꼬박꼬박 해 먹고 있다. 원래 집순이인 나도 이 상황이 참 괴롭다.

결혼 후에 직장에 다닐 때도 퇴근하면 마트에 들러 장 보고, 집에 오자마자 밥을 하고, 밤에는 운동하느라 밤 외출을 거의 하지 않고 살았다. 직장을 그만둔 후에도 별반 다를 바 없는 생활을 하고 있는데, 자발적으로 집에 있는 것과 강제로 집에 있는 것은 참 다르다. 답답하고 괴로워서 아이들 먹이는 집밥을 더욱 치열하게 페이스북에 올리고 있다. 이걸로 나의 가택연금 상태의 스트레스를 푸는 것이다.

그런데 간간이 SNS 의견들을 보면 여성과 남성 친구들의 반응이 참 다르다. 남성들은 "맛있겠다.", "우리 집도 다음엔 저 메뉴를 먹어야겠다." 등의 반응인데, 여성들, 특히 아이를 둔 엄마들 반응 중에 "우리 애들에게 미안하다.", "나는 좋은 엄마가 아닌가 보다." 등의 반응이 자주 보인다. 이들은 직장 생활을 하는 엄마들이라 나 또한 포스팅을 하고도 미안해진다. 그래서 직장 다니면서 밥해 먹기가 쉽지 않으니 그런 생각 말라고 답을 하지만 그 마음을 잘 안다.

내가 아는 범위의 엄마들은 집밥을 자주 못 해 먹이면 '모성애가 없나?'라는 죄책감을 달고 산다. 직장을 다니면서 나도 그 죄책감을 벗어나질 못하고 되도록 밥을 해 먹이려 애썼다. 하지만 즉석국에 밥을 말아주는 것과 몸이 부서지도록 차려서 올린 밥상에서 국에 밥을 말아 먹는 것이 영양학적으로 무슨 차이가 있는지 의문이 든다.

마트나 오픈 마켓에서 파는 파우치 형태의 국을 구입해서 먹어보면 예전과 달리 건더기도 풍부하고 알차다. 뒤에 있는 성분표를 보면 여러 가지 영양소들이 골고루 들어 있는데 다만 나트륨 함량이 좀 높을 뿐이다. 그러니 즉석국을 먹이면서 괜한 죄책감을 가질 필요가 없다. 요즘 즉석국들은 MSG도 거의 넣지 않고, 원재료의 비율을 높여 국물만 흥건하지도 않아 집에서 끓인 것과 거의 동일하다.

어차피 밥(탄수화물)에 국을 말아 먹을 것이라면 원물 재료 구입부터 손질까지 품 팔지 말자. 피곤한 날은 즉석국을 데워 먹자. 음식이 상품이 되려면 맛이 강하고 진해야 한다. 즉석국을 사서 집에서 끓일 때는 파우치를 잘라 냄비에 국을 담고 그 파우치에 물을 조금 넣고 안에 있는 양념을 헹궈 냄비에 붓는다.

그렇게 양을 조금씩 늘리고 집에 있는 채소나 달걀을 첨가해서 맛과 영양을 추가한다. 그렇게 하면 짠맛도 희석이 되고 2인분을 4인분으로 만드는 기적도 함께 할 수 있다. 무에서 유를 창조하는 것보다 이렇게 즉석국을 베이스 삼아 요리를 하면 속도도 훨씬 빠르고 맛도 좋다.

밥 짓는 시간을 줄이는 나의 요령도 덧붙이고자 한다. 퇴근해서 쌀을 씻는 단계를 줄이면 시간이 절약된다. 주말에 쌀을 일주일 치 씻어서 체에 밭쳐 물기를 제거하고, 그렇게 물기를 뺀 쌀을 밀폐 용기에 넣고 냉장고에 넣은 뒤 퇴근하자마자 밥을 안쳐보라. 내가 직장에 다닐 때 애용했던 꿀팁이다.

이도 저도 귀찮다면 검색창에 '씻어 나온 쌀'을 검색해서 구매하시라. 밥솥에 쌀 넣고 물 붓고 버튼 누르면 끝! 그렇게 조금씩 품을 줄여나가자. 시간과 품을 절약해서 가족들과 시간을 더 보내는 것이 긴 인생에서 보면 결국 절약이다.

비슷한 팁 하나 더! 해물찜을 배달해 먹으면 양념이 많이 남으니 그걸 미리 덜어서 다음 날 활용해 보라. 그 양념에 냉동 새우와 주꾸미, 콩나물 등을 넣어서 다시 한 판을 제조한다. 외식비 한 번 지출하고 두 끼 이상을 먹으니 한 끼에 드는 음식 단가도 줄이고 품을 훨씬 줄일 수 있다.

찜닭도 마찬가지다. 찜닭은 양념 국물이 진국인데 보통 많이 남는다. 냄비에서 먹을 만큼만 덜어놓고, 닭고기 서너 조각을 남겨두자. 그다음 날 그 냄비에 김치를 썰어 놓고 볶아주다가 밥을 넉넉하게 넣은 볶음밥을 해보자. 마지막에 참기름을 살짝 두르면 아이들이 홀린 듯 주방으로 모인다.

밀키트도 요즘 잘 만들어져서 2주에 한 번은 주문한다. 다만 우리처럼 많이 먹는 아이들이 있는 집은 보통 2~3인분으로 이뤄진 밀키트가 약간 아쉽다. 그때도 해결책이 있다. 예컨대 '닭한마리 칼국수' 밀키트를 주문한 날에는 닭다리 살과 칼국수 면을 더 사다 놓는다. 시판 밀키트도 간이 좀 센 편이므로 조리

법보다 물을 조금 넉넉하게 잡고 조리를 시작한다.

집에 다진 마늘, 국간장, 소금 정도는 다들 있을 테니 추가로 산 원재료를 넣고 간만 살짝 맞추자. 다른 종류의 밀키트들도 마찬가지다. 물을 넉넉하게 잡고, 집에 구비된 기본 양념들로 간을 맞춘 뒤 원재료를 추가해 주면 그걸로 끝! 할인 쿠폰과 카드 할인 신공으로 주문한 밀키트가 양까지 풍성해지니 이보다 만족스러울 수 없다.

이렇게 외식이나 밀키트, 배달 주문 한 번으로 두 끼를 먹는 마법을 활용하자. 부모도 주말엔 좀 편하게 늘어질 수 있고 마음도 너그러워진다.

집에서 했으니 이것도 집밥이다. 즉석국, 포장 음식, 배달 음식 모두 영양학적으로 전혀 무리가 없는 식품이다. 가족들이 편하게 맛있게 먹었으면 그걸로 다 이루어진 것이다. 그러니까 다들 명심했으면 좋겠다. 집에서 먹으면 그것이 바로 집밥이다.

집에서 먹으면 그게 곧 집밥이다

'내가 한 밥'이라는 허상을 극복하기

밥을 한다는 것은 다른 가사 노동과는 확연히 다르다. 빨래, 청소, 설거지는 퇴근을 하고 집에 와서 편한 옷으로 갈아입고 다 할 수 있는 일이다. 요리는 다르다. 냉장고 안에 있는 음식들과 식재료의 재고를 파악하고 있어야 하고, 모자라는 식재료와 새 메뉴에 필요한 재료를 항상 생각하고 있어야 한다.

퇴근길에 피곤한 몸을 이끌고 동동거리며 장을 보고(여기에 드는 시간이 최소 1시간), 무거운 짐을 들고(여기서 에너지 완전 방전) 집에 도착하면 그때부터 새로운 가사노동 모드가 된다. 편한 옷으로 갈아입을 새도 없이 주방 싱크대에서 손을 씻은 뒤 다시 일을 시작한다.

방금 사 온 식품과 재료들을 냉장고에 넣기 전에 물이나 알코올로 닦는 게 먼저다. 우유나 냉장식품 포장에 묻은 먼지와 이

물질을 제거하는데 냉장고 내부가 더러워지고 다른 식품들의 오염을 방지하기 위한 작업이다. 이것도 10분 이상 소요된다. 냉장고에 넣어야 할 재료와 냉동고에 넣어야 할 것을 구분해 갈무리하고 소분해서(여기에서 최소 20분 소요) 정리한다.

본격적인 요리를 시작하기 전에도 이만한 준비 과정이 거의 매일 반복되는 것이다. 아이들은 배고프다고 야단이다. 있는 정신 없는 정신 붙잡으며 씻어 놓은 쌀을 밥솥에 먼저 안친다. 그제야 아이들 안아주고 일과를 물어보고 나머지 요리를 한다. 일하는 엄마가 밥을 해 먹인다는 것은 이런 것이다.

내 아이들이 워낙 잘 먹어서 나는 할 수 없이 집밥을 주로 해 먹였다. 그리고 그건 내가 시간강사로 그나마 일반 직장인 엄마에 비해 시간적 여유가 있었기 때문에 가능한 일이었다. 이렇게 에너지와 시간이 많이 드는 집밥을 굳이 처음부터 끝까지 정성으로 해 먹이면 엄마는 완전히 방전되고 만다.

앞의 글에서 페이스북 얘기를 했다. 내가 온라인에서 타인과 소통을 한 지 이제 만 3년이 넘었다. 그 전에는 주말부부로 지내며 내가 아이를 거의 전담하다시피 해야 했다. 나 혼자 동동거리며 육아 독립군 노릇을 하느라 아예 이 판을 알지도 못했다. 아이들 어렸을 때 간간이 블로그를 해보려 했지만 힘에 부쳐 계속할 수 없었다.

그래서 늦게 배운 SNS를 통하여 만난 여러 인연에게 많이 배우고, 참으로 커다란 즐거움을 느낀다. 아이들 키우며 힘들고 외로웠을 때 알았더라면 더 많은 위로를 받았을 거라 생각한다. 하지만 나도 인생 경험이 다양하게 쌓였으니 그로부터 얻은 나름의 시야와 감각으로 다른 이들을 위로하고, 또 위로도 받는다.

다만 남의 허상이 잘 보인다는 건 이 공간의 특징이다. 일단 나부터 허상이다. 온라인 공간에는 가장 좋은 순간만을 올리고 싶은 사람들의 욕망이 있다.

집밥을 해 먹이기 위해 지금도 나는 고군분투하지만, 온라인에서의 나는 유쾌하고 쿨하려고 애쓴다. 예쁜 사진을 위해 플레이팅도 신경 쓴다. 남들이 보면 세 끼니 그렇게 먹는 줄 알겠지만 나는 사실 프라이팬째 놓고 뜨겁게 먹는 음식을 더 좋아한다.

포스팅하면서 예쁜 접시에 올린 고기도 좋지만, 무쇠 프라이팬에 구워 토치로 불맛을 낸 제육볶음을 팬째로 식탁에 올려 상추쌈을 아귀아귀 먹는 것을 좋아한다. 제육볶음은 시간 나고 기운 있으면 양념을 직접 하지만 그것도 힘에 부치면 마트에서 파는 양념육을 산다. 집에서 구우면 집밥이다.

엄마들이여, 파트타임이든 전업주부든 풀타임이든 본인이 할 수 있는 선에서 감당하시라. 내가 밥을 남들처럼 차려 먹이지 못한다고 죄책감 느끼지 마시라. 다시 말하지만, 집에서 먹는 모든 것은 내 손을 거쳐 간 집밥이다.

그리고 엄마들이여, SNS를 보고 나는 불량 엄마인가 하지 마시라. 좋은 부모는 아이가 제때 식사를 할 수 있게 배려해 주는 부모다, 직접 차려 주면 제일 좋겠지만 여의치 않으면 아이들이 차려 먹도록 가르치자. 너무 바빠 냉장고에 음식을 마련하지 못했다면 배달 앱에서 아이들 좋아하는 메뉴로 주문해 주자. 돈을 버는 이유가 여기에 있다.

나는 오늘 산더미같이 고구마튀김을 잔뜩 해서 아이들에게 먹였다. 몸에서는 기름내가 나고 머리는 봉두난발에 속은 니글거려 아이스커피 진하게 내렸다.

반짝이는 예쁜 놋그릇에 고구마튀김을 '조금만' 담아 플레이팅하고, 그 옆엔 시원해 보이는 잔을 신경 써서 배치하고, 방금 전에 내린 아이스커피를 거기에 담았다. 예쁜 매트 위에 세팅을 하고 사진을 찰칵!

내 꼴은 우습지만, 그 포스팅만 보면 얼마나 우아한가. 속지 마시라.

코로나 시대의 주방

집의 급식소화化란 무엇인가

인류사에 길이 남을 1년간 아들 둘 엄마는 어떻게 아이를 먹였는가.

우유 4.6리터

바나나 1.5kg

두부 0.9kg

삼겹살 1.4kg

돼지 앞다리살 0.7kg

닭고기 2.6kg

훈제오리 0.5kg

시리얼 1kg

냉동 블루베리 2kg

키위 1.5kg

고구마 2kg

양파 3kg

감자 1.5kg

배 3kg

사과 5kg

어묵 1.4kg

달걀 2판

치즈 0.98kg

서울대공원 사자들 사료 리스트가 아니다. 지난 늦여름에 장을 보고는 기가 막혀 영수증을 보고 주르륵 써 본 쇼핑 리스트이다. 저걸 들고 집에 오자니 너무 힘들어서 아이들을 주차장으로 불러냈다. 짐을 한 아름 같이 들고 걸음을 떼면서 큰아들이 걱정하는 얼굴로 묻는다.

"엄마는 왜 맨날 이렇게 뭘 많이 사요?"

기가 막히고 코가 막힌다. "니들이 이걸 다 먹으니까!"

아들 둘이 먹어치우는 양이 대공원 사자 수준이다. 사자는 입장료나 벌지.

2019년 말까지는 아이들이 학교에서 급식을 먹고 돌아왔다. 우리 아이들이 다니는 학교는 영양사 선생님이 센스 만점이시라 메뉴가 아주 흥미로웠다. 친환경 재료로 다양한 메뉴를 구성해 주셨는데, 한식을 기본으로 일식, 중식, 양식은 물론이거니와 동남아식, 중동식 메뉴까지 짜주셨다. 거기에 더해 TV에서 인기 있는 '집밥 백선생', '수미네 반찬'에서 나온 메뉴도 트렌디하게 넣어주셨다.

새로운 식재료로 집에서 만들어 먹기 힘든 메뉴를 제공하는 영양사 선생님의 능력은 정말 탁월했다. 거기다 가끔은 대형 햄버거 체인의 세트 메뉴를 컨셉으로 식단을 구성하고, 운동회 날에는 아이스크림도 주신다. 특별한 날에는 포춘 쿠키를 주셔서 당첨된 아이들은 초코파이를 덤으로 받기도 했다.

그래서 형제가 월말에 다음 달 급식 메뉴를 미리 받아 오면, 아이들과 나는 색연필을 들고 식탁에 앉아 가장 기대되는 메뉴에 동그라미를 쳤다. 렌틸콩으로 밥을 하다니 신기하다! 병아리콩 후무스가 뭐지? 검색해 보니 중동 음식인 듯하다. 명이 장아찌도 나오네? 양념치킨이랑 스파게티 나오는 날은 정말 신나겠다! 이 메뉴는 엄마도 해봐야겠다. 시끌벅적하게 메뉴 위의 마킹이 끝나면 냉장고에 자석으로 붙여두고 아이들 점심 메뉴와 집밥 메뉴가 되도록 겹치지 않도록 참고했다.

큰아이는 급식 메뉴를 파일에 잘 담아 매일 들고 다녔다. 내가 학교 시간강사를 하면서 만난 학생 중에 급식 메뉴를 외우고 다니는 학생이 있었는데 꼭 우리 큰애 같아서 눈길이 갔다. 학생들 수업 시간에 분위기를 환기할 필요가 있으면 그 학생에게 "오늘은 메뉴가 뭐지요?" 하고 물었다. 그 학생은 줄줄줄 읊어주었고, 같은 반 아이들도 즐거워했다. 학교 급식은 아이들의 학교생활을 즐겁게 해준다. 친구들과 즐겁게 나눠 먹고 잠시나마 운동장에서 공놀이도 하면서 그렇게 점심시간을 보낸다.

전쟁이 나도 피난처에서 가장 먼저 시작되는 것이 학교 교육인데, 사상 유례없는 전염병으로 아이들이 학교를 정상적으로 가지 못한 것이 1년이 넘었다. 아이들이 학교에 가지 못하고 온라인 수업을 받는 것은 학생들에게도 불행하지만, 보호자에게도 큰일이다. 직장을 다니는 부모는 아이들 끼니가 걱정이고, 집에서 아이를 돌보는 보호자도 세끼를 전부 먹여야 하는 것이 큰 부담이다.

전에는 학교에 가서 잘 먹을 테니 아침은 간단하게 먹이고, 저녁을 신경 써서 해줬는데 이제는 그런 원칙을 세울 수가 없다. 아침부터 세 끼니와 간식, 과일까지 온종일 먹거리를 준비하고 만들고 먹인다. 이 팬데믹에 직장을 그만두어서 그나마 다행이랄까. 일을 더 하고 싶지만 내 커리어는 이런 상황에서 신규 고용도 마땅치 않은 분야라, 당분간 아이들 챙기는 데 집중하기로 했다.

하지만 일은 만만치가 않았다. 아이들 온라인 수업 감독도 전부 학부모의 일인 데다 점심 한 끼 추가된 것이 이렇게 부담일 줄 몰랐다. 아이들이 다닌 어린이집부터 유치원, 초등학교에 이르기까지 그간 제공했던 점심 한 끼가 내게 주어진 국가의 가장 큰 복지 혜택이었다는 사실을 비로소 깨달았다.

아이들이 밥을 집에서 꼬박꼬박 먹으니 쌀 20킬로그램이 무섭게 없어진다. 대파 한 단을 사면 2주 이상 사용했는데, 요즘은 일주일이면 없어진다. 고기는 말하기도 무섭다. 카레와 김치찌개에 넣을 돼지고기는 항상 냉동실에 보유했지만 재고 회전율이 엄청나게 빨라진다. 국거리용 소고기는 한우를 포기한 지 오래다. 수입산 고기로 핏물을 잘 빼서 오래 뭉근하게 끓이면 맛이 좋으니 다행이다. 기본 채소인 감자, 양파, 애호박도 너무 빨리 떨어진다.

더 큰 문제는 이 빠른 회전의 식재료 공급을 내가 담당하고 있다는 것이다. 나는 SNS를 통해 아들이 둘 이상인 집들과 정보를 나누며, 조금이라도 좋은 품질의 상품을 저렴하게 사는 방법을 연구한다. 자주 쓰지 않던 곰솥이나 초대형 웍이 주방에 터줏대감으로 자리 잡았다. 돼지 등뼈 값이 저렴하면 감자탕을 한 솥 끓이고, 돼지 뒷다리살 가격이 내려가면 초대형 웍에 짜장을 볶는다. 집이 급식소화된 것이다.

아침 먹이고 각자 온라인 수업을 받으면 나는 한숨 돌리고 청소를 하고 가끔 마트에 가는데, 이조차 어려워지면 온라인 쇼핑몰에서 식재료들을 배송받는다. 점심시간은 어찌나 빨리 돌아오는지 최소 11시부터는 준비를 해야 한다. 점심을 먹인 뒤에 아이들이 오후 수업에 들어가면 한숨 돌리지만, 잠시 후엔 다시 간식거리를 마련하고 저녁을 준비한다. 아이들은 움직임이 줄어들고 외부 자극이 적어지니 먹는 것에서 낙을 찾는데 안쓰러운 마음이다. 최대한 많이 차려 주고, 나도 같이 많이 먹게 된다.

한창 크는 아이들, 나도 그맘때 돌아서면 배고팠던 기억이

나서 고기라도 든든히 먹이려고 이래저래 마트 세일을 노린다. 얼마 전엔 시골 사는 후배에게 꿀정보를 받아 저렴한 시골 정육점을 알아내 삼겹살과 목살, 뒷고기, 한우 잡육을 골고루 주문했다.

기다리던 고기가 택배로 왔는데 이제까지 보던 스티로폼 박스 중에 가장 크다. 총 10kg이 조금 넘는 고기! 큰아들이 주방으로 날라주었는데, 그걸 열어보더니 아이가 또 묻는다. “엄마는 고기를 또 왜 이렇게 많이 샀어요?” 말하기도 지쳐 그저 웃었다.

칼을 갈고, 라텍스 장갑을 끼고 앞치마를 두르고 본격적으로 손질에 나선다. 노동요로는 바흐의 파르티타를 준비한다. 피 튀기는 고기 갈무리 작업에 우아한 음악으로 나의 품위를 지켜본다. 뒷고기는 분명히 세 근을 주문했는데 그 세 배인 아홉 근이 왔다. 썰어도 썰어도 끝이 안 난다.

한 시간여의 사투 끝에 고기를 소분하고, 냉장 보관할 것과 냉동실로 보낼 것을 구분했다. 부자가 된 느낌이다. 잠깐 쉴 새도 없이 다음 날 먹을 미역국을 미리 끓여두었다. 미역국은 오래 끓일수록 맛있으니까 전날부터 뭉근히 오래 끓인다. 그날 저녁으로는 목살을 굽고, 그 기름에 잘 익은 김치를 지져서 목살과 김치를 같이 먹인다. 실컷 먹은 아이들이 환하게 웃으며 ‘엄지척’을 한다.

그래, 사자만큼 먹는 아들들아. 아침 먹으면서 점심 메뉴 묻고, 저녁 먹으면서 다음 날 메뉴는 그만 묻길 바라. 세상 밖으로 나가 먹을 것을 구해 오는 사자처럼 어서 쓸모 있게 자라렴.

세상에서 두 번째로 맛있는 음식

뼈가 부서져라 해 먹인 보람이 있다

삼청동에 가면 '서울서 둘째로 잘하는 집'이라는 찻집이 있다.

문을 열고 들어가면 100여 년 전 개화기로 돌아간 기분이다. 계피와 각종 한약재를 넣은 한방차 달이는 냄새가 진하게 난다. 찻집의 벽과 천장은 오래전부터 이 향이 밴 듯하다.

작은 탁자를 차지하고 앉아 이 집에서 제일 맛있는 단팥죽을 주문한다. 달달한 팥죽에 코를 스치는 계피향, 모차렐라치즈처럼 쭉 늘어지는 찹쌀떡이 너무 맛있다.

저 찻집의 네이밍 스토리가 궁금했는데 주인장의 설명에 따르면 모두가 '원조', '넘버원'을 외칠 때 자신의 음식은 서울에서 둘째로 맛있다는 겸손과 자부심을 함께 담은 이름이라고 했다.

나의 아이들은 태어나자마자 신생아 시절부터 먹성이 남달랐다. 출산 후에 병원에서 아기 수첩을 주는데, 다른 아기들보다 먹는 양이 많으니 잘 먹이라는 말을 두 아이가 공통으로 들었다.

큰애와 둘째는 28개월 터울로 둘 다 모유 수유를 했다. 나는 날마다 눈이 퀭해지고 체력이 달렸다. 아기가 양껏 먹지 못해 잘 크지 못하는 게 아닌가 항상 고민했다. 그래도 내 아이들은 둘 다 백일 때 8kg을 돌파하고, 돌 때는 12kg을 돌파하는 우량아로 쑥쑥 자라났다.

이 아이들이 이유식을 먹기 시작하니 작은 이유식 냄비는 금세 쓸모없어졌고 어른들 냄비에 이유식을 끓이기 시작했다. 고구마를 쪄서 숟가락으로 떠서 후후 불어 식히면 말도 못 하는 아기가 '어어! 어어!' 소리를 내며 어서 달라고 성화였다. 사과를 강판에 갈면 그걸 쳐다보면서 팔을 휘둘렀다.

이도 빨리 나와서 돌 전에 고기를 넣은 이유식을 먹다 돌 즈음엔 어른들 먹는 밥을 먹기 시작했다. 이렇게 먹성이 좋은 아이들을 남들은 부러워했지만, 직장을 다니며 아침을 먹여야 하는 엄마로서 참 부담스러웠다.

남의 집 아이들은 아침에 늦게 일어나 어린이집 가기도 바쁘고, 입맛도 없어 아침을 잘 안 먹는 경우가 많다고 들었다. 내 아이들은 둘 다 아침부터 꼭 밥을 먹어야 하는 아이들이었다. 빵이나 시리얼을 주면 "이건 밥이 아니잖아요, 간식이잖아요." 하는 아이들이니 무슨 말을 덧붙이랴.

출근하는 나는 정작 아이들 먹이느라 제대로 먹지도 못하고, 옷만 주워 입고 큰 가방에 모든 것을 집어넣고 아이들을 데려다준다. 아이들에게 뽀뽀를 하고 돌아서면 차 안에서 신호 대기에 걸릴 때마다 화장을 시작한다. 대단하게 할 수도 없다. 첫 번째 신호 대기에 선블럭 바르고, 두 번째에 대충 비비크림 휙휙 바르고, 사이사이 눈썹 채우고 립밤 바르면 끝!

운이 좋아서 신호에 걸리지 않으면 더 괴롭다. 직장 주차장에 도착해 그 안에서 대충 해결하는데 아는 사람 지나갈까 무섭다. 이렇게 정신없이 출근해서 바쁘게 하루 일과를 마치고, 집에 오는 길에 마트로 간다. 다른 코너는 눈에 들어오지도 않는다. 오로지 식재료 코너만 들른다. 오늘 먹일 메뉴와 집에 있는 신선 재료, 냉동실 재료 등을 고려해 필요한 식재료만 좌르륵 사서 집에 온다. 외할머니가 아이들을 하원시켜 주셔서, 집에서 아이들이 TV를 보다 쪼르르 강아지처럼 나를 반긴다.

"엄마! 오늘은 뭐 먹어요?"

나는 옷도 갈아입지 못하고 장바구니를 든 채로 그대로 싱크대 앞에 간다. 손부터 씻고, 쌀을 씻어 밥을 안친다. 사 온 재료를 갈무리하고 오늘 할 메뉴를 불에 올리면 그제야 숨을 돌린다. 옷을 갈아입고 나와 아이들에게 뽀뽀하고 다시 저녁 먹일 준비를 한다.

아이들은 신이 나서 식탁에 앉는다. 플레이팅이니 세팅이니 할 겨를이 없다. 그저 식판에 담거나 한 그릇 음식으로 아이들을 배불리 먹인다. 아이들은 다행히도 내 음식을 너무나 좋아했다.

미역국을 끓여주면 큰아이는 "엄마, 미역국 장사하세요." 했고, 된장찌개를 끓여주면 작은아이는 "엄마 된장찌개가 제일 맛있어요!"라고 했다. 그렇게 아이들은 내 음식을 잘 먹고 무럭무럭 자랐다.

부산에 사시는 시어머니께서 아이들을 보러 오시면 당연히 우리 집에 며칠씩 머무르셨다. 어머니는 내가 한 음식도 좋아하셨지만 일하는 며느리 품 덜어주신다고 밖에서 칼국수나 고기를 사주셨다.

아이들은 자기를 사랑해 주는 할머니를 잘 따랐고 같이 외식을 하면 너무 잘 먹으니 어머니도 참 흡족해하셨다. 칼국수를 어지간한 성인 남자만큼 먹는 당시 4세 둘째에게 어머니가 "이 집 칼국수가 그렇게 맛있어?" 하고 물어보셨다.

둘째는 "맛있어요. 이 집이 세상에서 두 번째로 맛있는 칼국수 집이에요." 해서 우리 모두 웃었다. "그럼 제일 맛있는 칼국수 집은 어디야?" 하고 어머니가 물으시니 그 어린 아기 답이 걸작이다. "세상에서 제일 맛있는 건 우리 엄마 칼국수예요!" 과연 뼈가 부서져라 해 먹인 보람이 있었다.

몇 달이 지나고 외갓집 식구들과 저녁을 먹을 일이 있었다. 고기를 먹고 난 후 나오는 된장찌개에 밥을 야무지게 비벼서 먹던 우리 아이들에게 누군가 "이 집 된장찌개가 그렇게 맛있니?" 하고 물었다. 둘째가 대답했다. "여기는 세상에서 두 번째로 맛있어요. 된장찌개는 우리 엄마 찌개가 세상에서 제일 맛있어요."

일류 요리사가 와서 내 음식을 맛있다고 칭찬한들 이렇게 뿌듯하고 보람을 느낄 수 있을까?

우리 아이들은 삼청동의 '서울서 둘째로 잘하는 집'에 가본 적이 없다. 그래서 그 맛있는 팥죽을 아직 먹어보지 못했다.

봄이 오면 경복궁역에서 내려 살살 산책하며 걸어가 그 팥죽을 사주고 싶다. 내 손으로 단팥죽을 해준 적은 없지만, 아마 둘째는 또 그렇게 내 음식을 칭찬하며 내가 밥을 할 수밖에 없게 만들 주문을 외우겠지.

"여기 음식은 세상에서 두 번째로 맛있어요. 세상에서 제일 맛있는 음식은 우리 엄마 음식이에요."

그래, 이 맛이야!

천연의 맛 VS MSG

결혼 후 『과자, 내 아이를 해치는 달콤한 유혹』이라는 책을 열심히 읽었다. 가공식품에 들어가는 각종 합성보존료가 얼마나 몸에 나쁜지 알려주는 책이었다. 아이에게 과자를 먹이느니 담배를 권하겠다는 글귀가 아주 인상적이었다.

집에서 요리를 담당하는 나는 그 책을 읽은 후로 조미료는 아예 쓰지 않고(구매 자체를 안 함), 정제 설탕이나 수입 밀가루도 쓰지 않았다. 필요할 때는 설탕 대신 원당을 사용하고, 밀가루는 우리 밀만을 고집했다.

임신해서 입덧을 할 때는 후각이 너무 예민해졌다. 칠레산 청포도에서 나는 농약 냄새로 한 상자 산 것을 씻다 씻다 버린 적도 있다. MSG가 들어간 라면을 먹거나 외식을 하면 혀의 돌기가 부어 아주 힘들었다.

조미료를 많이 쓰는 식당에서 밥을 먹고 나면 속이 너무 안 좋고 힘들어서 외식을 점점 꺼리게 되었다. 외식을 하면 그 식당이 MSG를 많이 쓰는지 적게 쓰는지 몸으로 감별하는 정도의 이상한 입덧을 하게 된 것이다. 생전 잘 먹지 않던 산나물들은 또 얼마나 먹고 싶었는지 강원도 식당에 산채 나물을 주문해서 먹기도 하고, 당시 서울엔 흔하지 않았던 곤드레밥이 먹고 싶어서 건나물을 주문한 뒤 불려 씻어 밥을 해 먹기도 했다.

임신 기간, 나는 이렇게 직접 요리하며 자연식 위주로 해 먹었다. "그래서 배 속의 큰애가 '영농후계자'인가?"라고 남편과 이야기하며 웃기도 했다.

아이 둘을 출산하고도 수입 밀가루는 믿을 수 없어 빵, 쿠키, 피자 등은 우리 밀로 반죽해서 만들어 먹였다. 배달 피자 한 번 먹이지 않고 반죽을 발효해서 가스를 빼고 2차 발효까지 하면서 반죽을 밀고 토핑을 얹고 오븐에 구워서 먹였다. 나중에 어린이집에 가보니 학부모들이 사 온 간식으로 배달 피자를 먹이는 게 아닌가. 그걸 보고 살짝 놀라기는 했지만, 내가 직접 해 먹이는 것에는 이렇게 나를 갈아 넣은 음식을 먹였다.

떡볶이 하나 만드는데 멸치, 황태머리, 디포리, 파뿌리, 고추씨까지 아주 약재를 달이는 정성으로 육수를 냈다. 사실 떡볶이는 조미료 맛이 나야 하는데 왜 이렇게 미련을 떨었나 싶다. 아질산나트륨은 발암물질이니 그 첨가제가 들어간 소시지나 햄은 거의 먹이지 않고 고기를 구워 먹였다. 유기농 매장에서는 첨가

제를 배제한 소시지나 베이컨을 파는데 사실 맛이 없다. 아이들도 입맛이 빤해서 그런 제품은 거부했다.

이러니 밥 한번 하는 데 얼마나 절차가 길고 까다로운지, 아이 키우며 직장 다니며 싱크대를 붙잡고 눈물을 흘린 적도 많았다. 내 무릎 뒤는 퉁퉁 부어 있었고 또 너무 아팠다. 한창 젊은 30대의 기억이다.

파트타임으로 때론 풀타임으로 직장을 다니며 이런 우매한 짓을 한 것은 신념 때문이다. 보존제나 조미료가 몸에 얼마나 나쁜지는 정확히 알 수 없으나, 아주 미량으로 식품에 첨가된다면 크게 문제될 것이 없다. 그런데도 엄마라면 정성으로 아이들과 식구들을 거둬 먹여야 한다는 요상한 자부심을 느껴가며 나를 갈아 넣었다. 그놈의 정성으로 먹여야 한다는 신념이 나를 잡아먹게 만드는 지경에 왔는데도 나는 이상한 고집을 부렸다.

아이들 방학이 다가오면 나는 전시 상황을 준비하는 사람처럼 패닉에 빠져 식재료와 냉동식품들을 사들였다. 방학 땐 학교에서 주는 급식을 먹지 않고 간식까지 온전히 집에서 먹으니 한 달 전부터 차곡차곡 준비했고, 그렇게 방학마다 전쟁하듯 아이들을 먹였다. 방학 한 달을 보내고 개학을 하면 그렇게 기분이 좋을 수 없었다. 그렇게 일 년에 두 달 있는 방학이 내게는 큰 행사였고 심리적 부담이었다.

그렇지만 2020년 코로나 시국 이후 이렇게 세끼를 차리다간 내가 먼저 탈이 날 것 같았다. 아이들도 많이 커서 외식할 때 먹는 진하고 자극적인 맛을 잘 알고 있었다. 코로나로 외식을 못 하니 식당의 맛도 그리웠다.

나는 꾀를 내었다. 맛소금, 다시다, 미원 삼총사를 구입한 것이다. 거기에 양식과 중식에 쓰이는 치킨스톡까지 샀으니 이제 내가 요리사!

사실 그간 굴소스, 액젓류를 써왔으니 조미료를 아예 안 썼다고는 할 수 없지만 국, 찌개, 나물에는 안 쓰려고 애를 썼다. 우연히 오이무침에 맛소금으로 간을 한 남의 집 반찬을 먹어보고 눈이 번쩍 뜨인 경험이 있는 나는, 그동안 아무리 해도 맛이 안 나던 콩나물무침에 이 재료를 본격적으로 사용해 보았다.

콩나물을 삶아 소금 대신 맛소금으로 간을 하고 고춧가루와 파, 마늘, 액젓, 참기름으로 마무리해 무쳤다. 냄새부터 심상치 않다. 한 입 먹는 순간 그동안 먹어왔던 시골 식당, 이름난 백반 집의 콩나물 맛이 밀려왔다.

그래, 이 맛이야!

아이들이 좋아하는 스파게티. 올리브오일로만 만들면 뭔가 맛이 살짝 부족했다. 그런데 면수를 듬뿍 넣고, 올리브오일과 잘 섞이게 충분히 섞은 후 간을 맞추고, 대망의 치킨스톡으로 마무리했더니 파스타 전문점 맛이 난다. 그래, 이 맛이야!

짜장을 볶을 때 설탕을 넉넉히 넣었지만 늘 뭔가 살짝 부족한 느낌이었다. 음식점에서 중화요리를 할 때는 내가 상상한 것의 12배의 조미료와 6배의 설탕을 넣는다는 우스갯소리를 듣고는, 나도 조미료와 설탕을 밥숟가락으로 넉넉하게 퍼넣었다. 마법 같은 일이 일어났다. 돈 주고 사 먹는 짜장의 맛이 난다. 그래, 이 맛이야!

떡볶이를 할 때는 아예 맹물로만 조리를 했다. 이제 나는 달라졌다. 다시다와 미원을 넉넉히 넣고 끓이다가 마지막에 통후추도 아닌 가루 후추를 팍팍 뿌렸다. 아니나 다를까, 예전에 가끔 사다 먹던 자극적인 떡볶이 전문점의 맛이 난다. 그래, 이 맛이야!

조미료를 쓰니 음식 쓰레기가 반 이상 줄어들었다. 멸치도 디포리도 덜 소모가 되었고 무엇보다 요리 시간이 줄고 내가 쓰는 품도 많이 줄었다. 조미료를 쓰면서 환경을 생각한다. 이 맛을 원물로 내려면 얼마나 많은 소고기, 멸치, 다시마 등등이 들어갈 것인가. 그 식재료에 쓰이는 동물을 사육하고 해산물을 잡으려면 얼마나 많은 에너지를 써야 하는가…. 물론 이건 너무 나간 생각이라는 걸 잘 안다. 환경을 생각하느라 원물 재료를 포기할 수는 없겠지만, 조미료를 지혜롭게 사용한다면 환경도 보호하고 내 몸도 보호할 수 있겠다.

집밥을 지으면서 과정이 간단해지니 마음이 푸근해진다. 그저 밥하는 데 쓰는 에너지를 조금이라도 줄여 내 몸이 편해지니까 그것만으로도 행복하다. 거기다 맛까지 기막히게 뽑았으니 무엇을 더 바랄까? 오늘도 나는 찌개 맛을 보며 외친다. 그래, 이 맛이야!

한식 예찬 (상)

나물은 그런 음식이 아니다

나른한 봄날, 입맛은 떨어지고 몸은 늘어지니 쌉쌀한 냉이로 백합 조개 넣어 된장국을 끓이면 얼마나 맛있을까. 싱싱한 도다리를 사다 향긋한 쑥을 곁들이고, 청양고추를 쫑쫑 썰어 넣어 소금간을 하면 또 얼마나 시원할까.

봄동을 사다 아삭아삭하게 찬물에 헹궈 새콤달콤매콤하게 무치고, 달래장을 만들어 콩나물밥에 끼얹어 쓱쓱 비벼 마른 김에 싸 먹으면 기분이 얼마나 좋을까. 참나물 한 다발을 사서 생채로도 무치고 살짝 데쳐서 숙채로도 먹으면 그 쌉싸름한 향에 반하겠지.

봄나물은 건강의 상징이다. 입에서는 얼마나 향긋한지 없던 입맛도 돌아온다. 가족들을 위해 몸에 좋은 봄나물을 하겠다고 장을 잔뜩 봤다.

한식에서 가장 만들기 어려운 음식은 단연 나물이다. 검정 비닐봉지에 가득 담아 놓은 나물을 다듬어 데치면 부피가 두 주먹으로 줄어든다. 그걸 또 찬물에 헹궈 꼭 짜내면 한 주먹으로 줄어든다. 생채는 좀 낫더라도 간을 해서 무치니 그 또한 부피가 금세 줄어든다.

여러 나물들 중에서도 시금치는 참으로 허무한 요리다. 한 단을 사서 다듬어 놓으면 양이 정말 많은데, 이걸 큰 냄비에 살짝 데쳐서 찬물에 헹궈 물기를 꼭 짜면 한 주먹이나 나오려나?

콩나물도, 숙주도 데치고 무치면 부피가 반으로 줄어든다. 거기에 더 허무한 나물들은 묵나물들이라고 할 수 있다. 말린 고사리, 곤드레, 시래기 등의 묵나물은 물에 하루는 불려야 한다. 그런 뒤 솥에 넣어 부드러워지도록 한 시간은 삶고, 그대로 한나절 방치하는 것도 필수다. 그러고 나서야 건져서 요리할 수 있다. 맛은 좋지만 그 수고가 너무 크다.

그뿐인가. 냉이를 다듬으면 그 향에 행복하지만, 뿌리 사이사이로 흙이 너무 많고 잎마다 흙이 잔뜩 있다. 물에 여러 번 헹구다 보면 허리가 아파온다. 달래도 잔뿌리가 많아 다듬기 힘든 나물이다. 애기 다루듯 살살 다듬어 잘게 썰어 달래장을 준비한다.

누군가 노지 시금치를 보내준 날이면 그날은 "오, 주여!" 소리가 절로 난다. 그 흙투성이 나물을 신문지 펴고 앉아서 칼로 다듬어 물로 살살 헹구면 흙이 한 보따리 싱크대에 흐른다. 그래 나물이 몸에 좋으니까 이 정도 수고는 하기로 하자. 시금치는 김밥에 두툼하게 넣으면 아이들이 너무 잘 먹으니 나물 먹이려면

이 방법이 최고지.

나물을 다듬고 자리에서 일어나면 무릎에서 우두둑 소리가 난다. 에구구, 소리가 절로 난다. 허리도 묵직하게 아프다. 직접 한식 위주의 요리를 십여 년간 끊임없이 해본 적이 있는가? 한식은 노동 집약적이다. 장 보고 다듬는 일이 너무 고되다.

그렇다면 드라마나 영화에서 비치던 나물의 위상은 어땠을까. 여기 독자분들에게도 익숙할 두 개의 장면을 만나보자.

Scene 1: 시어머니와 갈등을 겪고 남편의 지지도 받지 못하는 주부. 화를 삭이지 못하고 냉장고에서 나물들을 주르륵 꺼내 신경질적으로 양푼에 담는다. 고추장 듬뿍, 밥 많이, 참기름 휘익 둘러 양껏 비벼 양 볼이 미어지도록 비빔밥을 먹는다. 아까 당했던 시집살이가 억울해 가슴을 쳐가며 먹는다.

Scene 2: 남자친구와 데이트를 하고 우아한 레스토랑에서 조신하게 저녁을 먹고 집에 돌아온 여자. 예쁜 옷을 벗어 던지고 추리닝으로 갈아입은 후 냉장고를 털어 나물과 밥을 야무지게 비빈다. 비싸고 양 적은 음식에 불만을 토로하며 맛있게, 맵게 비빈 밥을 퍼 마구 입에 넣는다.

드라마, 영화에 나오는 나물 비빔밥의 위상은 이렇다. 아무렇게나 배를 채우고 화풀이의 대상이 되는 음식이다.

나도 엄마가 나물을 해주던 시절에는 드라마를 아무 생각 없이 보았다. 결혼해서 주방에서 나물을 다듬고 무치다 보니 나물은 우리가 그저 쉽게 얻는 반찬이 아니었다. 고기나 생선은 소금간만 해서 굽기만 해도 되니 간단하지만, 나물은 사서 다듬는 것이 팔 할이다.

새댁 시절에 약간 시들한 부추 한 단을 200원에 팔길래 냉큼 사 들고 들어왔다. 그때 싱크대 앞에 서서 거짓말 안 하고 세 시간을 다듬었다. 세 시간을! 녹아서 질척이는 부추와 괜찮은 부추를 골라내는 일은 너무 어려웠다. 그때 큰 깨달음을 얻었다. 원재료는 싱싱해야 한다는 깨달음을 말이다.

나물 하나하나에 이런 각고의 과정을 거치는 것을 뻔히 아는데, 나물을 화날 때 대충 때워서 먹는 음식으로 자리 잡게 한 작가들은 집에서 나물을 한 번도 무쳐보지 않았음이 분명하다. 주부가 나물을 화내면서 비벼 먹는다면 그건 굉장히 부지런한 주부일 거다. 그렇게 왕창 비벼 먹고 나면 또 사다 다듬고 무쳐야 하는데 말이지.

싱글 딸내미나 아들이 밖에서 받은 스트레스로 나물을 냉장고에서 주르륵 꺼내 팍팍 비벼 먹는다면 나는 그 등짝을 스매싱할 것 같다. "이것들아, 이 나물 무치려면 얼마나 힘든데 이렇게 많이들 퍼먹어? 적당히 먹어!"

한밤중에 목이 말라 냉장고를 열어보니 나물이 종류별로 가지런히 놓여 있다면 그 나물을 장만한 엄마, 남편, 부인에게 감사의 인사를 전하라. 그리고 나물은 천천히 음미하면서 충분히 감사하는 마음으로 꼭꼭 씹어 먹기를.

한식 예찬 (하)

먹는 네 몸에만 좋은 애증의 음식

나는 한식이 건강에 좋다는 말도 사실 조금 의문이다. 밥을 위주로 한 식단 구성에서 탄수화물이 큰 비중을 차지하고 있고 김치, 장아찌, 젓갈, 나물 등의 반찬과 국, 찌개 등 국물에서 나트륨의 함량이 높다. 한식을 먹는다고 칼로리가 낮지도 않다. 그런데도 할머니와 엄마로부터 전해 내려오는 '밥이 최고다!'라는 프레임에 갇혀 여전히 많은 주부들이 고생을 한다.

예컨대 한식 중에서도 가장 간단하다고 할 만한 국수에 관해 말해보자. "에미야, 간단하게 국수나 말아 먹자."에서 국수는 정말 간단하지 않다.

멸치와 디포리, 다시마, 건새우 등으로 육수를 내고, 달걀지단을 얇게 부쳐서 썰어내고, 김치를 쫑쫑 썰어 양념한다. 이어선 김을 가루 내고 애호박을 아삭하게 볶아낸다. 큰 냄비에 넉넉하게 물을 끓여 국수를 삶아야 하고, 삶으면서는 끝없이 저어주어야 국수끼리 엉겨 붙지 않는다.

이미 목 뒤에서 땀이 흐른다. 얼추 국수가 익었다 싶으면 체에 걸러 찬물로 여러 번 헹군다. 이제 그릇에 국수를 담아 육수로 토렴하고 준비한 고명을 올리고 식구들을 먹이면 그야말로 땀이 줄줄 흐른다. 차갑게 얼음 넣고 비빈 국수도 뜨거운 물에 삶는 과정을 거치니 먹는 사람은 시원해도 하는 사람은 덥고 땀나는 일이다.

그렇지만 우리는 한식을 사랑하고, 여전히 한식이 건강에 좋다는 믿음을 갖고 산다. 한국 사람은 밥을 먹어야 한다는 고정관념은 굳건하다. 임신, 출산을 준비하는 카페에 가면 대부분의 질문들이 이러하다. (이하 질문과 그에 대한 나의 코멘트)

Q: 피자, 파스타가 너무 먹고 싶은데 밀가루 먹어도 괜찮나요?
A: 이탈리아 임산부들은 뭐 먹고 사나요?

Q: 카레 같은 향신료 강한 음식 먹어도 아이한테 이상 없나요?
A: 인도의 출산율과 건강한 아이들을 보라.

Q: 회, 스시 먹고 싶은데 괜찮나요?
A: 날것이라 조심할 필요는 있지만 먹고 싶은 건 먹어도 됨.

임신 초기라 다들 불안하고 아기를 걱정하는 마음은 알고 있다. 그렇지만 한식만이 아기를 건강하게 키우는 것은 절대 아니다.

꼭 밥으로 아침을 먹어야 한다고 주장하며 아침에 입맛 없다는 아이들과 아침 먹이기 전쟁을 하는 엄마들을 종종 본다. "왜 꼭 밥이어야 하냐?"라고 물으면 "한국 사람은 밥이지!"라는 논리뿐이다.

성장기 아이들에게 양질의 균형 잡힌 식단으로 먹이고 싶은 엄마 마음을 모르지 않지만, 밥이 아니면 차라리 굶긴다는 엄마까지 있던 건 충격이었다. 1년에 10cm 이상 크는 나이에 엄마의 식단에 관한 신앙을 따르지 않는다고 굶기는 것은 너무 가혹해 보였다.

그 엄마들에게 나는 빵이든 라면이든 시리얼이든 아침엔 아이들이 먹고 싶어하는 걸로 먹여보라고 했다. 아이들 모두 점심시간까지 얼마나 배고플 것인가. 혹여 '밥 아니면 안 준다'는 엄마들이 이 글을 읽는다면, 그 지나친 신앙을 좀 털고 본인도 아이들도 행복한 아침 식탁을 함께하길 진심으로 바란다.

한식, 그 애증의 이름이여. 나물은 너무나 맛있고 기분이 좋아지지만 그 많은 종류를 장만하려면 얼마나 고생해야 하는지 잘 안다. 그래서 아줌마 친구들끼리 만나면 한식집에 가서 나물을 양껏 먹고 청국장에 밥 비벼 한 그릇 잘 먹은 후 배 두드리며 수다를 떤다.

한식에 나트륨이 많고 탄수화물 위주라는 것을 모르는 바가 아니다. 그렇지만 내 입맛에도 딱인데 어쩌랴. 한식이 직접 해 먹기는 힘들고 수고로운 음식임을 알기에, 나도 외식은 한식을 더 선호한다. 직장인들도 부대끼는 속 달래고 해장하는 음식으로 한식을 최고로 꼽는다. 회식한 다음 날 다 같이 둘러앉아 먹는 콩나물 해장국은 정말 '어른의 맛'이다.

정리해 보자. 한식은 애정과 증오가 동시에 담긴 음식이다. 제발 조리법이나 먹는 습관을 개선해야 한다고 주부들 요리 사이트에서 한없이 외쳐도, 입이 당기고 몸이 원하니 그냥 이렇게 흘러간다. 나부터가 한식을 너무 사랑한다.

그러나 집에서 직접 요리하는 나도 갖가지 반찬을 하지 않는다. 차리는 사람이 너무 수고로우면 음식은 즐거움이 아니라 노동이 된다. 집에서는 메인 요리 하나로 간단하게 먹고, 제대로 반찬 늘어놓은 한정식은 외식을 통해 해결하고 살면 그 애증의 한식에 대한 갈증을 좀 달랠 수 있겠다.

한국 사람이 꼭 밥을 먹어야 할 필요는 없겠지만, 한국 사람 정신건강에는 밥을 가끔씩 먹어줘야 한다. 앞으로는 밥을 장만하는 사람이 지치지 않게 그 상차림을 받아서 먹는 사람들은 다음과 같은 말씀을 삼가길 부탁드린다.

"우리 간단하게 김밥이나 말아 먹을까?" (먹는 너나 간단함)

"우리 시원하게 냉국수 해 먹을까?" (먹는 너만 시원함)

너와 나의 밥솥에 관하여

그래도 곧잘 주방일은 한다

"엄마!!! 밥 저으래요!!!"

밥을 안치고 물에 젖은 솜 같은 몸을 침대에 잠시 누이고 깜빡 잠들었나 보다. 출근할 때 입은 옷을 벗지도 못하고 쪼그리고 누워 까무룩 잠이 들었는데, 당시 유치원생이었던 둘째 아들이 내 얼굴 옆 매트리스를 손바닥으로 팡팡 두드리며 날 깨운다. 우리 집 전기밥솥은 취사가 완료되면 다음과 같은 멘트가 나온다.

"맛있는 백미 밥이 완성되었습니다. 밥을 잘 저어주세요."

무거운 눈꺼풀을 억지로 들고 소리가 나는 쪽을 보니 아이가 생글생글 웃으며 나를 깨우고 있다. 밥이 되자마자 나를 깨우러 온 것이다.

퇴근 후에 집에 오자마자 주방으로 직행하는 삶을 산 지 오래되었다. 피곤하지만 당장 배고파 하는 아이들이 있어 외면할 수 없기 때문이다. 어쩌면 그렇게 돌아서면 배고프다고 하는지, 새끼 입에 들어가는 밥이랑 논에 들어가는 물은 하나도 안 아깝다는데 나는 아까운 것보다 몸이 힘들었다.

방학이 다가오면 패닉 바잉 수준으로 식재료와 반조리 식품을 구매하기 시작했다. 냉동실에 만두, 핫도그, 브리또, 각종 고기류 등을 꽉꽉 쟁여놓고 상온 보관을 한 반조리 식품들과 냉장실에는 과일들을 채워나갔다. 그렇게 식재료들을 힘들여 사다 나르면 아이들이 꼭 '엄마는 뭘 이렇게 맨날 많이 사느냐'고 묻고, 그 순진한 질문에 나는 항상 말문이 턱 막히면서 미친 여자처럼 웃는다. 아하하하하! 웃으면서도 눈물이 난다.

어느 날, 결혼해서 장만한 밥솥이 드디어 망가져 버렸다. 그동안 6인용을 썼는데 김밥을 말 때는 두 번씩 밥을 했으니 10인용 최신상으로 장만했다. 전기밥솥은 디자인이 심플하고 우주선 같이 아주 멋있게 생겼다. 아이들은 밥솥이 배달되어 오자 너무 너무 흥분하기 시작했다.

"우와! 정말 멋져요. 은색 밥솥이 정말 예뻐요."

"우와! 얼른 밥해 주세요. 밥이 맛있을 거 같아요."

근처에 사시는 친정엄마가 잠시 들르셨는데 아이들은 할머니 손을 잡아 주방으로 이끈다.

"할머니! 우리 새 밥솥이 왔어요! 보세요! 정말 예쁘죠?"

우리 아이들이 가장 소중하게 여기는 밥을 지어 줄 솥이 왔으니 레고가 배송되어 온 것처럼 기뻐했다.

아이들은 그렇게 내가 지은 밥을 먹고 잘도 자랐다. "제발 자라라, 언제 형아 될래." 아이들에게 말했던 지난날이 무색할 만큼, 둘 다 덩치 좋은 청소년으로 자라났다.

이제는 새 쌀을 사면 품종별로 품평을 하고, 이번 쌀은 지난번 쌀보다 별로이니 다 먹으면 지난번 품종으로 사라는 이야기도 한다. 아주 입맛은 예민해져서 쌀 전문가가 다 되었다.

여전히 나는 일을 하고 체력은 30대 시절보다 더 떨어졌다. 큰아이는 내 키를 훌쩍 넘어 기운도 세니 아이들에게 쌀 씻고 물 맞추고 밥 짓는 요령을 알려주었다. 우리 집 애들은 먹는 것에 관심이 있으니 아주 어릴 적부터 그 과정을 궁금해했다. 특히 큰애는 아주 작은 아기였을 때부터 카레를 하면 식탁 의자를 불 앞에 놓고 서 있었다. 내가 카레를 젓는 것을 구경하며, 한 번씩 젓는 걸 직접 해보곤 했다.

이런 아이들은 몇 가지 가르쳐 주면 자연스레 잘 따라온다. 아이들이 밥 하나만 해주어도 밖에서 퇴근이 늦어질 것 같아 동동대는 나에게 얼마나 큰 도움이 되는지 모른다.

몇 주 전, 학원에 간 큰아이 대신 둘째에게 밥을 부탁했다. 내가 마련해 둔 건 씻어 나온 쌀이니 집에서 씻을 필요가 없다. 아이들이 밥을 짓기에 아주 좋다. 둘째에게 쌀 다섯 컵을 밥솥에 붓고 고두밥을 좋아하는 너희 취향에 맞게 물은 4.8인분만 눈금에 맞춰 부으라고 했다. 그리고 백미 취사를 누르면 너희들도 밥을 지을 수 있단다!

저녁 시간, 밖에서 일을 마치고 귀가해 나는 허겁지겁 손을 씻고 주방으로 달려갔다. 냉장고에서 미리 해둔 찌개를 꺼내 데우고, 반찬을 꺼내 늘어놓고 분주하게 움직였다. 둘째는 요령껏 식탁을 닦고 수저를 세팅한다.

학원에 간 큰아이가 돌아와서 드디어 둘러앉아 밥을 먹으려고 밥솥을 열었는데 맙소사! 생쌀 구운 냄새가 확 올라온다. '이게 뭔가?' 하고 들여다보니 둘째가 물을 안 붓고 취사를 눌렀단다. 허허허허.

배는 고프지만 할 수 없다. 그 구운 쌀에 물을 붓고 다시 취사를 눌렀다. 완성된 밥을 저어보니 밥이 날아다닌다. 동남아 여행 가서 먹는 밥처럼 찰기가 하나도 없다. 그래도 아이들은 자기가 한 밥이라 잘 먹는다. 하긴 진밥이든 고두밥이든 날아가는 밥이든 아이들은 밥에 대한 편견이 없다. 그저 새로 지은 따뜻한 밥이면 행복하다.

또 얼마 전에는 차가 많이 막혀 집에 있는 큰애에게 밥을 부탁했다. '씻어 나온 쌀'이 떨어져 이번엔 쌀을 씻어야 한다는 얘기를 며칠 전에도 했지만, 불안했다. 집에 와서 밥부터 확인했다. 밥솥을 열자 구수한 냄새가 진동한다. 밥은 색상이 누렇고, 저어보니 찰기가 너무 심해 밥끼리 뭉쳐 다닌다. 큰애에게 "쌀 씻었지?" 물으니 아이 눈에 동공지진!

다행히 밥은 향도 진하고 구수하고 맛있었다. 안 씻은 쌀로 밥을 지어 먹은 최초의 경험이었다.

이제 아이들은 좋아하는 햄도 굽고 달걀 프라이도 하고 라면도 끓이면서 스스로 엄마 없이도 간단하게나마 끼니를 해결할 수 있게 되었다. 장을 볼 때 데리고 다니면서 카트도 끌게 하고 간단한 요리는 해보게 하니 아이들도 엄마의 수고를 조금은 알게 되는 눈치다.

늦은 밤의 퇴근으로 지쳐서 들어온 나를 큰애가 안아준다. 남편만큼 훌쩍 커서 가끔씩 깜짝 놀란다. 허그를 하고는 주방으로 가보니 내가 해야 할 설거지 거리가 없다. 큰애가 뒤에서 씨익 웃는다. 사랑은 먼 데 있지 않다. 내가 아이에게 준 사랑이 돌아오고 있다.

급식실 조리사님, 청소 이모님

여사님과 이모님 그 사이 어디선가

어느 직장에 가든 청소하시는 분들을 보면 그냥 반가웠다. 특히, 내 엄마뻘들인 중년의 청소 여사님(이 명칭은 상당히 어색하지만, 일단은 그냥 쓰기로 한다)을 보면 웃으면서 인사를 꾸벅하고 다녔다. 화장실에서 쭈그려 쉬고 있는 그녀들을 보면 또 인사하고 복도를 치우고 있는 그녀들을 보면 또 인사를 했다.

학교나 유치원에 근무할 때는 급식실 조리원분들에게 깍듯이 인사를 하고 다녔다. 수업 끝나고 진이 다 빠져 식당에 내려왔을 때 내 입에 넣을 밥을 내 손 안 가고 먹게 해주시니 진심으로 감사했기 때문이었다. 유치원 음식은 아이들 입에 맞게 슴슴했던 터라, 나는 급식 조리원 이모님께 고추장도 얻어먹고 맛있는 것은 덤으로 얻기도 했다.

방학 때는 너무나 아쉬워서 식사 종료 후 급식실 문을 열고 감사의 인사를 했다. 방학 동안 급여가 안 나오기는 그녀들이나 나나 마찬가지니 그 마음도 아는 데다, 한 달간 남이 해주는 맛있는 밥을 못 먹는 서러움이 나를 그렇게 만들었다. 부디 건강하게 잘 쉬시고 개학하면 꼭 다시 뵙자고 인사를 했다.

나의 진심이 전해졌는지 조리사님들도 내게 웃으며 대해주셨고, 내가 출근하지 않는 목요일에 감자탕이 자꾸 나와서 서러워하니 금요일로 감자탕 나오는 날을 바꾸어 주셨다. 학교에 납품되는 김치가 맛도 품질도 좋아서 파는 곳의 정보를 얻어 직원가로 구매할 수도 있었다. 정말 대단한 특혜를 입었다고 자부한다.

내가 재벌도 아니고 임원도 아니니 직장 다니는 즐거움을 이렇듯 소소하게 만들어나갔을 뿐이다. 그 주변엔 항상 동료들과 여사님들이 있었다.

대기업 악기 수입 파트에 근무할 때 만난 여사님들은 너무나 특별했다. 사무실 쓰레기통도 비워주시고 내 주변을 깨끗하게 만들어주시니 오며 가며 내가 먹는 작은 간식들을 나누어 드리기도 하고 말도 몇 마디 나누게 되었다.

10대부터 아주머니들과 수다 떠는 일이 익숙한 나는, 낯가리는 일 없이 아주머니들과 잘 지낼 수 있었다. 그분들은 회사 다니는 20대의 깍쟁이 같은 직원이 웃으며 당신들을 대하니 그것이 그렇게 예쁘더라는 말씀을 해주셨다.

그중 한 여사님은 인상도 좋으시고 인자한 분이셨는데, 마침 내 사무실 구역과 화장실을 청소하시느라 나랑 더 많이 마주치게 되었다. 항상 웃는 얼굴로 나를 반겨주시니 나도 항상 감사하는 마음으로 인사를 하고 다녔다. IMF 한복판에 취업이 되어 8시 시업에 10시 퇴근인 나날이었다. 힘들고 지쳐갔다. 토요일도 격주 근무라 집보다 회사에 있는 시간이 길었다. 퇴근할 때 팀원들과 서로 "집에 다녀오겠습니다!"라는 인사말을 하고 다녔다.

시업이 8시니 새벽 5시 반에는 일어나서 준비하고 6시 40분에는 집을 나서야 했다. 업무를 처리하고 오전에 잠이 쏟아지면 따로 쉴 곳 없는 회사에서 나는 화장실을 찾아 변기 뚜껑을 닫고 앉아서 벽에 머리를 기대고 20분 정도 눈을 감고 나오기도 했다.

그때 부스스한 얼굴로 화장실 문을 비척비척 열고 나오다 세면대를 청소하던 여사님과 마주치기도 했는데 말없이 웃으며 내 등을 두드려주셨다. 엄마에게 위로받을 시간도 없었던 나는 여사님에게 따스한 위로를 받을 수 있었다.

쉴 틈 없이 돌아가는 회사 생활 중에 하루는 토요일에 북한산 등반을 한다고 했다. 정말로 짜증이 났지만 그러려니 할 수밖에 없었다. 아침 일찍 구파발역에서 모여 등반을 시작한다는 사실 자체가 너무 괴로웠다. 입이 댓 발 나와서 화장실에 가니 여사님들이 오이를 한 광주리 쌓아놓고 세면대에서 씻고 계셨다. 쿰쿰한 화장실이 초록의 오이 색과 향으로 상큼하게 느껴졌다.

"웬 오이예요?"

"내일 회사에서 등반 간다며? 거기서 나눠 줄 모양인가 봐. 산에서 오이를 먹으면 참 맛있지."

"와, 양이 정말 많아요. 이걸 다 씻으세요?"

"응, 금방 해. 하나 먹을려?"

여사님들과 나는 화장실 벽에 기대어 오이를 하나씩 먹었다. 기분이 좀 나아졌다.

그다음 날, 북한산 입구에서 만난 총무 팀은 오이와 간식이 들어 있는 꾸러미를 하나씩 나누어 주었다. 걷는 것은 자신 있었지만 보기와 달리 심폐기능이 약한 나는 높이 올라가는 것을 굉장히 힘들어했다.

설상가상으로 등산복도 없던 나는 스트레치 기능이 하나도 없는 빳빳한 청바지를 입고 산에 오르느라 더 힘들었다. 중간에 쉬는 곳에 겨우 도착하면 이미 일찌감치 쉬고 있던 팀원들이 "다 왔으니 이제 다음 장소로!" 하면서 벌떡 일어나 다시 등반을 시작했다.

나는 정말로 죽을힘을 다해 정상에 몸을 끌고 올라갔다. 마침내 도착한 정상은 해가 따스하게 내리쬐고 있었고, 미지근한 바람이 살랑살랑 불고 있었다. 시야가 탁 트인 정상에 오르니 기분은 굉장히 좋았다. 그때 누군가가 간식 꾸러미를 꺼내 오이를 깨물었다. 나도 오이를 들고 아삭 한 입 베어 무니 그 청량감이 너무 시원하게 느껴졌다. 산에서 먹는 오이 맛이 이런 거구나. 그제야 여사님들이 생각났다.

그분들도 엄연히 같은 회사에서 일하는 분들인데 이런 날 왜 같이하지 못하는 걸까? 등반대회를 한다고 했을 때 나는 불평불만을 했지만 애초에 이런 자리에 초대받지 못한 그녀들의 마음은 어땠을까? 본인이 먹지도 않을 산더미 같은 오이를 어떤 마음으로 씻었을까?

마음 한구석이 시렸다. 그분들은 아마 그 시간에 회사 건물에 남아 청소를 하고 계셨을 테다. 땀 흘리며 일하고 먹는 오이를 비슷한 시간에 느꼈을 테지만 애초에 파티에 배제된 마음을 나는 그때 겨우 가늠만 할 수 있었다.

나는 월요일에 출근해서 여사님들께 인사를 했다.

"오이를 잘 씻어주셔서 정말 맛있게 먹었어요. 산에서 먹으면서 이모님 생각했어요. 오이가 참 달던데요!"

너스레를 떨어보니 여사님은 정말로 기뻐해 주셨다. 야쿠르트 아주머니가 지나갈 때 작은 간식을 사서 여사님과도 나누었다.

직장 일이라는 것이 하루에 딱 떨어지는 양으로 존재하는 것이 아니지만 그분들은 쳐내야 할 일들이 정해져 있다. 거기에 일을 더하여 오이를 씻으라는데 어떻게 그렇듯 웃으며 일을 하셨는지 여전히 궁금하다.

언젠가 내 책상을 지나가던 여사님이 연필꽂이에 꽂혀 있는 나무 빗과 손거울을 보시며 한 말씀 하신다.

"내가 리본으로 이거 예쁘게 꾸밀 줄 아는데 빗이랑 거울 주면 내가 공주님처럼 만들어줄게."

"애고, 말씀만으로도 감사해요. 주말에 쉬셔야지 이거 하지 마세요."

"아니야, 내가 너무 재밌어서 하는 거야. 이거 가져간다."

여사님은 나의 개성 없는 원목 브러시와 작은 손거울을 들고 가버리셨다.

그렇게 주말을 지내고 출근하니 내 책상 위에 은은하게 화려한 금색의 리본과 천으로 감싼 예쁜 브러시와 거울이 놓여 있었다. 기계가 한 것처럼 마감이 완벽했고 과하지 않게 화려하면서 우아했다.

그걸 만든 손은 청소하는 투박한 손이 아니었다. 여사님은 섬세하고 예쁜 손재주를 가진 분이셨다. 얼마나 감사를 드렸는지 모른다. 내 감사 인사를 받고 소녀처럼 환하게 웃으시던 여사님의 모습은 여전히 기억에 남아 있다. 여사님이 꾸며주신 손거울은 중간에 망가졌지만 브러시는 여전히 짱짱해서 20년째 쓰고 있다.

그때부터 지금까지 마땅한 휴게 공간 없이 여기저기서 아프고 지친 다리와 허리를 쉬는 청소 여사님들을 만난다. 우리가 어느 공간을 가든 그분들의 손길과 걸음이 미치지 않는 곳은 없다.

내가 좀 더 배우고 교육받았지만, 경력이 단절되고 궁핍해지면 나이 든 여성이 할 수 있는 일은 많지 않다. 청소 여사님은 어쩌면 내 미래의 모습이 될 수도 있다. 나는 그분들이 눈치 보지 않고 쾌적한 휴게실에서 쉴 수 있는 세상이 오기를 바란다. 소속된 곳에서 열리는 행사에 기꺼이 함께 초대받는 세상이 오기를 바란다. 환하게 웃으며 즐겁게 일하는 여사님들이 합당한 대우를 받기를 소망한다. 그것이 우리 모두의 일이기도 하니까.

엄마와 커피 (상)

그때는 그 궁상맞음을 이해하지 못했지만

막 설거지를 끝낸 엄마가 기름때 앉은 타파웨어 플라스틱 통에서 장미 무늬가 그려진 도자기 손잡이 티스푼으로 커피, 프림, 설탕 순으로 듬뿍듬뿍 담아 커피를 탄다. 그때는 그 커피를 '파출부 커피'라고 불렀다. 뭐든지 듬뿍 밥숟갈로 수북이 한 스푼씩 넣는 그 커피는 고단한 살림을 하는 여인들의 부스터 역할을 했다.

엄마는 이가 빠져 보기 흉한 프랑스산 루미낙 잔에 가스 불에서 내린 팔팔 끓는 물을 부었다. 후일에 전기 주전자가 나와도 편리함은 좋지만 가스 불에 팔팔 끓인 그 맛보다는 덜하다고 했다.

투박하고 두툼한 루미낙 잔은 프랑스산이라는 이름이 무색하게 저렴하고 못생겼다. 익숙하고 여유롭게 커피를 저어 개수대 앞에 깔아놓은 작은 러그에 쭈그려 앉아 싱크대에 기대어 진득한 커피를 한 모금 넘긴다. 캬아, 소리를 내면서.

“엄마, 예쁜 잔에 타서 마셔. 그리고 제발 식탁에 앉아서 마시면 안 돼?”

딸의 잔소리가 시작된다.

“나는 이 잔에 마셔야 제일 맛있더라. 그리고 이 자리가 보일러 시작하는 자리라 따뜻해. 나는 이러고 마시는 게 제일 좋아.”

엄마도 지지 않고 대답한다. 안성기 아저씨가 광고하는 맥심 커피는 우아하던데, 엄마가 마시는 모양새는 영 마음에 안 든다. 별로 깨끗해 보이지 않는 그 매트에 앉아 커피를 마시는 내 엄마가 그렇게 궁상스러워 보일 수 없었다.

커피 광고 속 여배우는 어깨에 카디건을 걸치고 진주 목걸이를 걸고 테라스에 앉아 대리석 테이블에 놓인 커피를 우아하게 마시는데, 내 엄마는 기름때가 앉은 플라스틱 타파웨어 밀폐용기에서 커피 2, 설탕 2, 프림 2 스푼씩을 덜어냈다. 그 텁텁한 인스턴트커피를 못생긴 커피 잔에 뜨거운 물을 휘리릭 타서 주저앉아 연신 캬아, 소리를 내며 마셨다. 물론 옷은 집에서 입는 허름하고 편안한 고무줄 바지와 목 늘어난 티셔츠 차림이다.

“엄마, 왜 거기에서 그렇게 앉아서 커피를 마셔요?”

중학생 아들이 웃으며 묻는다. 키가 훌쩍 자라 바닥에 앉은 내가 한참을 올려다본다.

“그러게, 엄마도 너만 할 때 외할머니한테 왜 거기서 그렇게 앉아 있냐고 물었는데….”

“엄마 말투가 점점 외할머니 닮아가요, 어떨 땐 똑같아요.”

아들이 재미있다는 듯 껄껄 웃고 지나간다.

나와 내 엄마가 앉아 있는 곳은 싱크대 개수대 자리 주방 바닥이다. 물일을 하면서 물이 튀면 흡수하라고 깔아 놓은 주방 매트에 철퍼덕 앉아 싱크대 하부장에 등을 기대고 커피를 마신다. 커피를 마시면서 SNS를 하는 것이 나의 엄마와 내가 다른 점일 뿐.

그때는 그 궁상맞은 커피 마시는 의식을 이해할 수 없었다.

엄마가 마시던 그 커피 향이 내게는 우아한 휴식이 아닌 생활의 피곤함으로 느껴졌다. 그래서 20대 후반까지 커피를 거의 즐기지 않았다. 달콤한 케이크를 먹을 때 진한 아메리카노를 이따금 마셨는데, 커피는 그저 디저트의 맛을 거들어주는 존재일 뿐이었다.

나도 나이를 먹고 일을 하고, 내 살림을 하고 아이를 기르며 그 자리에 서보니 카페인의 힘이 절실히 필요했다. 맨 정신으로는 일상을 유지하기 힘들었다. 잠깐의 휴식도 간절했다. 음식이 조리되는 동안의 기다림도, 고단한 살림 후의 찰나의 휴식도 주방 바닥의 푹신한 주방 매트 위에서 이루어졌다. 겨울철엔 보일러 분배기가 가까이 있는 그 자리가 얼마나 따끈한지 그 자리에 앉아 등을 기대면 몸이 살살 녹는 기분이었다.

거기에 커피 한 잔의 강력한 카페인이 주는 잠깐의 휴식이 나를 지탱하고 일으킨다. 나는 에스프레소를 내려 마시니 엄마와 달리 좀 더 세련되었다고 우겨보지만, 엄마의 다방 커피와 나의 에스프레소가 주는 위로는 세월을 넘어 그 크기가 같다.

엄마와 커피 (하)

싱크대에 기댄 엄마와 나, 그 둥근 순환

'나는 엄마처럼 살지 않을 거야!' 세상의 많은 딸들이 다짐한다. 치열하게 공부하고, 대학을 가고, 사회생활을 하고, 한 번뿐인 인생 시크하게 살 줄 알았던 꿈 많은 딸은 결혼을 하고, 아이를 낳고, 살림을 하게 되니 그 잘난 인생도 엄마의 인생과 크게 다를 바 없이 흘러간다는 사실을 깨닫는다.

엄마가 마시던 믹스커피가 진저리 나게 싫어서 커피를 좋아하지 않았다. 하지만 아이를 낳고 기르면서 카페인이 절실해졌다. 오늘도 설거지를 끝내고 주방을 윤이 나게 닦고, 커피 한 잔을 들고 개수대 앞에 깔아놓은 푹신한 러그에 앉았다.

따끈한 바닥에 앉아 향이 근사한 커피를 한 모금 마시니 몸이 노곤해지면서 피로가 조금 풀린다. 진주 목걸이를 하고 포근한 니트 카디건을 어깨에 걸치고, 우아하게 폼 나게 마시려고 비싼 커피 잔도 샀다. 커피 광고처럼. 그런데 인생은 광고가 아니고 실전이더라.

어른이 되어 내가 돈을 벌면 매일 예쁜 잔에 커피를 마시며 우아하게 살 줄 알았지만, 그것 또한 내 일이었다. 누군가가 차려주고 치워주지 않는 한 모든 것은 나의 손을 거쳐 간다.

저절로 되는 것은 하나도 없더라. 피곤하고 힘든 몸으로 커피나 마시려는데 나를 위해 예쁜 잔을 꺼내기가 쉽지 않더라. 큰맘 먹고 산 예쁜 잔도 언젠가는 이가 나가고 낡아지지만 그걸 함부로 버리고 새것을 사는 것도 내 일이더라.

그러니 그 낡은 잔에 정이 붙게 되고 그 낡음이 꼭 나를 보는 것처럼 서글프다. 내 엄마가 그랬던 것처럼 나도 그렇게 한때는 빛이 나고 아름다웠던 잔을 버리지 못한다. 그 예쁘고 좋은 잔에 이가 나가면 차마 버리질 못하고 내가 마시게 되더라. 그렇게 되더라.

내가 집에서 입는 옷도 집안일을 하기 편한 바지에, 남편이나 큰애가 입다 작아진 목 늘어난 티셔츠가 전부다. 그게 그렇게 편할 수가 없다. 나에게는 다행히 내 옷차림과 궁상맞게 커피 마시는 의식을 잔소리할 딸이 없다.

내 엄마가 쓰던 루미낙 잔은 결국 쌀통 안에서 마지막 생을 다했다. 그 잔도 처음엔 우아하게 커피를 마시려는 엄마가 큰맘을 먹고 구입했을 것이다. 엄마는 기쁘고 설레는 맘으로 스티커를 떼고 깨끗하게 씻어 커피를 새 잔에 탔을 것이다. 시간이 흘러 닳아지고 낡아지고 이가 나가면, 그렇게 결국은 원래의 용도가 아닌 전혀 다른 용도로 쓰인다.

커피 잔의 일생으로 내 일생을 가늠해 본다. 지금은 여전히 누군가에게 쓸모 있는 사람이지만 늙어지고 힘 빠져도 내 생명이 다하도록 쓰이고 싶다. 내 인생의 마지막에서 엄마, 주부, 일하는 여자가 아닌 어떤 자격으로 마지막을 맞게 될지 궁금하다.

내가 바닥에 앉아 있으면 아장아장 걸어와 눈을 맞추던 작은 아기들이었던 내 아이들은 내 키를 훌쩍 넘게 자라 나를 내려다보며 왜 그러고 있느냐고 묻는다. 그 옛날에 엄마가 향유했던 잠깐의 시간을 이제는 내가 누린다. 시간은 직선으로 흐르는 듯하지만, 둥글게 순환한다.

나는 오늘도 커피 머신으로 만든 '더블 샷 라테'를 마신다. 30여 년 전 엄마들이나 현재를 살아가는 딸들이나 믹스커피냐 에스프레소냐의 차이지, 그녀들이 받는 위로는 언제나 진득한 커피에서 오는 걸 안다.

나도 내가
중년이 될 줄은
미처 몰랐지만

4부

당신의 미래를 장담하지 마라

인생을 생각한다 1

20대에 직장 다니던 시절이 생각난다. 주말이면 엄마가 해주는 밥 먹으며 누워서 뒹굴던 시절. 엄마의 빨래 서비스까지 무한으로 받으며 회사에 다니는데 피곤하기는 왜 그리 피곤하던지.

주말에 데이트가 없으면 뒹굴뒹굴하며 패션 잡지 보는 것이 낙이었는데 〈20대의 뷰티, 30대의 뷰티, 40대의 뷰티〉라는 기사가 보였다. 그 나이대의 여배우들을 인터뷰하며 나이에 맞는 미용, 메이크업 팁을 소개하는데 '40대의 뷰티'에 이르러 코웃음을 쳤다.

"40대면 그냥 살지 뭐 하러 꾸미려 들어. 그 나이에…."

지금 생각하면 온몸이 오그라든다. 그때의 나를 지금 만나면 주먹으로 한 대 치고 싶다.

나는 내가 밥 잘 먹는 아들 둘 엄마가 될 줄 꿈에도 몰랐다.

아들만 줄줄이 낳는 선배 언니들을 보고 '참 지지리 복도 없다. 나는 딸만 낳을 거야'라고 생각했던 적이 있음을 고백한다.

큰애가 아들이라 서운했지만, 키워보니 그런 생각이 싹 사라졌다. 아들이든 딸이든 내 새끼는 다 이쁘고 귀한 것. 그래도 둘째 임신해서는 성별이 너무나 궁금했다. 라떼는 산부인과에서 성별을 알려주는 것이 불법이라 은근히 돌려서 물어볼 수밖에 없었다.

"선생님, 지금 미국에서 예쁜 원피스를 세일 많이 하는데요, 이 시즌 끝나면 비싸져요. 어떻게, 원피스를 미리 사놓을까요?"

"노코멘트입니다."

"그럼 내복은 핑크색으로 살까요, 하늘색으로 살까요?"

"노란색으로 사세요."

하아, 32주 차를 넘겨서야 아들이라고 알려주셔서 살짝 눈물이 핑 돌았다. 내 원래 계획은 딸 둘의 엄마였다. 차라리 내가 공부를 열심히 해서 하버드 대학교에 가는 것이 '계획'이지, 딸을 골라서 임신하는 것은 '계획'이 아닌 '소망'일 뿐이었다. 아들들 엄마야말로 복 없는 인생이라고 생각했던 그 시절의 나를 발로 차고 싶다.

직장에 다니면서 여러 가지 이불킥을 할 만한 발언들을 많이 했지만, 그중에서도 지금까지 나를 가장 괴롭히는 과거의 내 발언이 있다. 아침부터 밤까지 발로 뛰며 성과를 내보려 했는데 생각보다 일이 잘 안 풀리던 과거의 나. 더군다나 일을 추진하면서 다른 부서와 업무 협조가 잘 안 되어 갈등이 이어졌다. 당시 팀장님과 면담을 하던 내가 분을 못 이겨 말했다.

"부장님, 제가 이 회사 돈 때문에 다니는 거 아닌 거 아시죠?"

말 그대로 망언이었다. 다들 돈 때문에 다니지, 니가 재벌 2세니? 다행히 관록의 부장님은 나를 잘 달래주셨다. 집에 와서 곰곰이 생각하니 부끄럽고 죄송했다. 이 나이가 되도록 쉬지 않고 돈을 벌어보니 내가 얼마나 미친 말을 했는지는 날이 갈수록 선명해진다. 그때의 나는 도대체 무슨 생각이었나?

내 아기가 없었을 때는 식당에서 뛰어다니고 시끄럽게 난동부리는 아이들을 보면 '저게 다 부모가 잘못 가르쳐서 그런 거야'라고 확신했다. 그 아이의 부모들에게 속으로 비난을 퍼부었다.

물론 부모가 제지를 전혀 하지 않는 경우도 있다. 하지만 대개는 그렇지 않다. 부모는 아이들이 바르게 자라는 것이 최고의 소망이라 열심히 훈육을 한다. 그러나 부모가 아무리 공을 들인들 타고난 성향이 아이 성격에 제일 큰 영향을 미친다.

같은 성별의 두 아들을 키웠지만 둘은 너무나 달랐다. 큰애는 식당에서도 얌전하고 내가 미용실에 가서 머리를 자르면 유모차에 앉아 조용히 나를 기다려주는 아기였다. 다들 신기해했다. 그 아이와는 유럽 배낭여행도 갈 수 있을 것 같았다.

둘째 아이는 워낙에 호기심이 많고 예민한 데다 행동반경이 넓어 길을 걷다가 갑자기 차도로 돌진하기도 하고, 식당에서 한 번 울음이 터지면 멈추기가 힘들었다. 이 아이와는 동네 놀이터를 가는 것도 힘들었다.

같은 배에서 태어나 같은 교육을 해도, 아이 각각의 성향이 다르니 결과도 다르다. 나도 아이들이 어릴 땐 외식을 잠시 자제한 기간이 있었다. 물론 조금 키워서 나이를 먹으니 이제는 어디든 갈 수 있게 되었지만.

그 이후로 나는 통제가 안 되는 아이의 부모를 무조건 비난하지 않는다. 아이들의 엄마와 아빠가 진땀 흘리며 아이를 달래고 어르는 모습을 보면, 나는 그저 시간이 약이라고 말해주고 싶다. 모든 것이 부모 교육 탓이라고 생각했던 지난날의 나를 용서해 줘요.

유치원과 초·중·고등학교에서 수천 명의 아이를 가르치며 나는 눈빛만 봐도 아이가 똑똑한지 아닌지 구분이 가능하다고 생각했다. 실제로 똑똑한 학생들은 수업 태도나 눈빛부터 다르기는 했다.

전문가 상담이 필요할 정도로 학습이 부진한 아이들 부모님과 이야기를 나눠보면 사실 잘 모르는 경우가 많고, 아이의 상태를 부정하는 부모도 많다. 자신의 자녀의 문제를 인정하고 싶지 않은 것이다. 그때는 그런 부모들이 이해되지 않았다. '나는 많은 아이들을 가르쳤으니 내 아이가 나오면 걔가 어떤 상태인지 정확하게 알 수 있어!' 확신에 찬 생각을 했다.

내 아이가 태어나고 굉장히 똑똑한 아이를 낳았다고 생각했지만, 학교에 들어가서 성장을 하니 내 아이도 여러 아이 중에 하나인 평범한 아이였다. 받아쓰기 60점을 받고도 친구는 40점을 받았으니 자기는 얼마나 잘했느냐며 정신 승리를 하는 평범한 초등학생으로 자랐다. 인간을 눈빛으로 판단하고 자식을 객관적으로 바라볼 수 있다고 생각한 젊은 시절의 나, 그 입 다물라.

음악 교육의 현장에서 수많은 경험과 노하우를 쌓았으니 우리 애들 피아노 가르치는 일은 아주 쉬울 거라 생각했던 나는, 그저 무지하고 어리석었다.

두 남자아이에게 짧은 곡 하나를 반복해서 연습하게 하는 것은 세상에서 제일 힘들었다. 다른 아이들에게 다섯 번 연습하세요, 하면 아이들이 그렇게 연습을 하던데 우리 애들에게 다섯 번 연습하라고 하면 난리 난리! 세 번도 채우지 못하는 경우가 비일비재했다. 레슨 하자고 하면 도망가고, 나도 바쁘고 피곤한데 애들이 시큰둥하면 패스하기 일쑤였다.

남의 집 아이들은 돈 받고 가르치니 피곤해도 아파도 수업하지만, 내 아이니 맘이 느슨해진다. 결국 현악기로 바꾸어 외부 선생님에게 아웃소싱을 주었다. 제자가 구름같이 많더라도 내 새끼 둘 가르치는 것이 세상에서 제일 힘들었다. 제 머리 깎기는 아웃소싱으로!

그러니까 당신의 미래를, 인생을 장담하지 말라. 내가 써내려간 이 글들이 앞으로 벌어질 당신 인생의 스포일러일 수도 있으니까.

인권의 사각지대이자 극한 직업, 부모

인생을 생각한다 2

"엄마가 배가 아파서 그래. 잠시만 문 닫고 있을게."

"어어…. 어어어버버버…. 으아아아아앙!"

"알았어, 그럼 이리 와. 에휴…."

아가는 울다 울음을 그치고 해맑게 웃으며 엉금엉금 기어 온다. 문 앞에 철퍼덕 주저앉거나 내 품에 안긴다. 기어이 화장실 문을 열게 한다.

남이 보는 앞에서 용변을 본다는 것은 얼마나 치욕스러운 것인가. 내게는 난생처음 경험하는 일이었다. 인권에 대해 생각한다.

친지들, 가족들과 오랜만에 만나 이야기꽃을 피운다. 오랜만에 유학길에서 귀국한 사촌 동생, 이민 간 작은어머니와 작은 아버지 다 같이 수다를 떠는데 아기가 배고프다고 운다. 모유 수유 중인 나는 아기를 안고 다른 방으로 들어가 수유를 한다.

방 안은 어둡고 캄캄한데 문 사이로 비치는 거실의 조명은 화려하고 따스하다. 왁자지껄 떠드는 소리, 시끌시끌한 웃음소리가 들리지만 무슨 말인지는 알아들을 수 없다. 아기는 캄캄한 곳에서 내 얼굴을 빤히 쳐다보며 젖을 먹는다.

그 눈동자와 젖 먹는 입이 너무 사랑스럽고 예쁘지만, 나도 환한 밖에서 같이 놀고 싶다. 아기는 기어이 양쪽 젖을 다 먹는다. 30여 분의 시간이 흐르고 나도 잠이 오고 아기도 잠든다. 거실은 여전히 밝고 화사하다. 인간소외에 대해 생각한다.

하루 종일 아기와 말하고 아기와 지내면 성인과의 대화는 전멸이다. 가끔 오는 택배 아저씨, 경비 아저씨만이 내 이름을 불러준다. 퇴근하는 남편을 기다릴 수밖에.

남편이 오면 한나절 아기와 겪은 일을 조잘조잘 떠들지만, 결혼 전에 나누던 대화의 느낌은 아니다. 남편도 밖에서 종일 일하느라 지쳤을 테니 대화의 끝은 살짝 심드렁하다. 아기가 잠들면 게임도 하고 싶어 하는 눈치다.

나는 내내 어른과 대화다운 대화도 못 하고, 아기들 언어로 동화책만 읽어줬으니 수다가 고프다. 적당히 떠들고 남편을 동굴로 보낸다. 외로움에 대해 생각한다.

둘째 아기는 너무너무 예민했다. 잠 한번 드는 것도 어려운데 꼭 새벽 3시에 일어나 한 시간 반을 용을 쓰며 울었다. 잠을 못 자는 것도 용쓰는 아기를 달래는 것도 너무 힘들었다.

남편과 교대할 생각도 했지만, 남편은 큰아이를 데리고 자는 데다 다음 날 출근을 할 테니 일을 쉬고 있는 내가 버틸 대로 버티는 게 좋겠다 싶었다. 아기를 안고 소파에 앉아 살포시 잠이 들었다 다시 아기가 깨는 걸 반복하면 이성적인 생각이 들지 않았다.

'이대로 베란다에서 떨어지면 나는 죽고 잠은 잘 수 있겠지….'라는 생각이 들었다. 당시 우리 집은 2층이었다. 골절이나 생기고 말 높이였다. 골절이고 뭐고 간에 베란다에 나갈 시간도 내게 주어지지 않았다. 인간의 죽음에 대해 생각한다.

새벽 6시, 지난밤에 이미 내 침대로 침투한 아기들이 배고프다고 일어난다. 거실에 나가면 어슴푸레한 창밖 풍경을 뒤로 하고 소파에 같이 앉아 각자 동화책을 읽고 있다. 그 풍경은 너무 예뻤지만, 예쁜 것도 잠시다. 나를 보고 아이들은 그새 밥 달라며 아우성이다.

김을 꺼내고 고기를 듬뿍 넣은 국 혹은 찌개와 밥을 먹인다. 아이들 밥 먹는 동안 나도 출근 준비를 한다. 아이들 어린이집 가방은 이미 지난밤에 다 싸서 현관에 두었고, 아이들 원복도 미리 꺼내서 소파에 양말과 같이 두었다.

밥을 먹은 아이들이 이번엔 사과를 깎아 달라고 난리다. 나는 대충 옷을 입고 사과를 깎아 먹기 좋게 접시에 담아 준다. 사과를 먹고 나면 아이들에게 세수와 양치를 시킨다. 서로 장난을 치느라 시간이 흐른다. 결국 빽 소리를 지르고 한 놈씩 눕혀서 치과처럼 양치를 시킨다. 분노 조절에 관해 생각한다.

세수도 감독하고, 아이들 옷 입는 것 봐주고, 큰애에게 내 짐 챙기는 동안 거실 정리를 부탁한다, 아이들은 내가 출근 준비를 하는 동안 장난감과 책, 잡동사니 등을 모조리 소파 위에 올린다. 내 가방과 아이들 가방을 몽땅 들고 로봇청소기를 돌린 후, 아이들을 차에 태운다.

카시트에 앉혀 다들 안전벨트를 매주고 나면 비로소 숨을 돌린다. 아이들을 어린이집에 데려다주며 오른손을 뒷좌석에 뻗으면 아이들이 번갈아 손을 한 번씩 꼬옥 잡아준다. 아직 내 손 안에 쏙 들어오는 작고 따뜻한 손이다. 인간의 체온을 느끼며 애정이란 무엇인가 생각한다.

영화를 빨리 돌리는 것처럼 피곤한 하루를 마치고 아이들을 어린이집에서 데려오면 놀이터로 직행한다. 거기서 친구들을 만나 아이들은 인생 2회 차를 시작한다. 그곳의 동네 엄마들과 나는 수다를 떨며, 여름엔 모기를 쫓아주려 모기향도 피우고, 모기에 물리면 네 아이 내 아이 할 것 없이 서로서로 약을 발라준다.

아이들은 이미 흙투성이 땅강아지가 되었고, 해가 어둑어둑해지면 서로 집으로 뿔뿔이 흩어진다. 아이들을 현관에서 이미 옷과 신발을 벗긴 후 하나씩 안아서 목욕탕에 집어넣는다. 두 아이를 목욕탕에 넣으면 둘이서 비누도 풀고 장난감을 갖고 놀며 즐거운 웃음소리를 낸다.

어느덧 늦은 밤, 아이들이 잠들면 경비실로 택배를 찾으러 전력을 다해 질주한다. 혹시라도 아이가 깨서 울지 않을까, 밖으로 나오지 않을까, 숨이 턱에 차도록 뛰어 집에 다시 들어오면 고요한 적막이 흐른다. 그 조용함 속에서 비로소 인간 해방을 느낀다. 나는 자유에 관해 생각한다.

일 년에 한 번은
각 잡고 쓰는 이력서

네가 나를 모르는데 난들 나를 알겠느냐

아이를 낳기 전까지 나를 불러주는 데가 너무 많고 거절하기 힘들 정도로 일이 많았다. 음악 출판사에서 사회생활을 처음 시작했지만, 학부 때 내 손을 거쳐 간 어린 제자들만 이미 백여 명이었다.

재학 중에 음대 입시생을 가르치며 대학에 입학시키기도 했으니, 일이 밀려와 괴로울 지경이었다. 졸업 후 출판사에서는 프리랜서로 일했다. 밤에는 음악 교재 원고를 쓰고, 낮에는 학생들을 가르치며 즐거운 비명을 질렀다. 반복되는 일로 지쳐갈 무렵, 명품 유럽 악기를 수입하려는 대기업과 연락이 닿아 해당 팀장, 팀원들과 밥 한번 먹고 그냥 정직원이 되었다.

이러니 이력서는 그냥 내게 부속물 같았다. 계약직의 설움은 글로 배웠고, 머리로만 알았다. 언제든 일이 넘치므로 내가 그만두고 싶을 때 그만두어도 아쉽지 않았다. 아이를 낳기 전까지는 말이다.

첫아이를 가지면서 나는 하던 일들을 대부분 정리하고 임신과 출산, 육아에 전념하기로 했다. 대학에 입학하자마자 시작한 일로부터 휴식을 갖고 싶었다.

출산 전까지는 휴식이라는 생각이 들었지만, 아이가 태어나니 나는 온전한 휴식을 5분도 갖지 못했다. 임신 후기에 영어 가사로 작곡해서 교재를 만드는 작업에 참여하게 되었는데 생각보다 아이가 3주나 빨리 나와서 아이를 낳고 삼칠일도 되지 않아 피아노 레코딩을 하게 되었다.

에어컨 바람 앞에서 피아노를 치는데 덜덜 떨면서도 너무 기뻤다. 아기와 잠시 떨어지니 걱정은 되었지만 내가 원래 속한 세계로 다시 돌아온 것이 너무 오래된 일같이 느껴졌고, 다시 일할 수 있다고 생각하니 그 순간이 너무 설렜다. 그렇게 내 이력서에 한 줄을 보탤 수 있었다.

큰아이가 기어 다닐 즈음에 시작한 초등학교 오케스트라 지휘는 내게 큰 보람을 안겨주었다. 피아노, 작곡 레슨과는 달리, 아이들과 하나 되는 기분을 느끼며 너무 즐겁게 일했다. 그러다 둘째가 내게 찾아왔다.

시간강사의 임신은 커리어의 독이었다. 나는 둘째를 임신하고 학교에서 계약 만료가 되었다. 임신으로 인한 재계약 실패는 아니었지만 너무나 우울했다. 둘째가 태어나서 정신없이 지내며

잊었다고 생각했다.

그러나 나는 일을 하고 싶었다. 아기와 나누는 옹알이 말고 밖에서 성인과 대화를 나누고 싶었다. 내게는 일이 절실했다. 일을 하면 몸은 피곤해도 정신은 맑다. 지적인 스트레스가 나를 숨쉬게 하는 그 느낌이 필요했다.

아이가 잠들면 밤마다 강사 채용 공고를 보며 이력서를, 자기소개서를 신물 나게 썼다. 학교마다 다른 양식으로 제출하기 때문에 조금씩 바꿔가며 수업계획서와 교안을 만들었다. 중간에 아이들이 깨면 재우면서 쓰고, 같이 잠들면 눈이 떠졌을 때 다시 썼다.

그렇게 쓴 이력서를 100군데는 제출한 것 같다. 지역을 가리지 않았다. 서울의 동서남북, 경기, 인천에 이르기까지 왕복 4시간이 걸리는 곳도 이력서를 제출했다. 서울에서 멀면 멀수록 나를 더 귀히 여겨 단번에 합격시켜줄 줄 알았다. 하지만 서울에서 멀리 떨어진 곳에서조차 나를 면접까지 오라는 곳은 한 군데도 없었다.

이력서만 내면 줄줄이 합격할 줄 알았다. 매년 한 줄이라도 보태느라 애쓰며 살아왔는데 왜 나를 알아주지 않는지 너무 서운했다. 혹시나 면접까지 가면 너무나 간절하게 면접에 임했다. 그 간절함이 부담스러웠는지 떨어지고 말았다.

너무나 절망하니 옆에서 지켜보던 남편이 위로한다. "원래 그렇게 떨어지는 게 맞아. 당신이 이제까지 허들을 쉽게 넘어 와서 그래. 너무 절망하지 마." 나도 머리로는 아는데, 맘이 그렇게 되기는 쉽지 않았다.

수많은 서류 제출과 면접 과정 끝에, 한 곳의 학교에서 나를 불러주었다. 적은 인원과 보수였지만 상관하지 않았다. 비록 총 인원은 적었지만 현악기와 관악기의 비율이 적절했다. 기쁜 마음으로 악보를 준비하고 편곡을 하고 아이들을 만났다.

아이들도 합주를 즐거워했고 한 분기가 지나자 스스로 친구들을 모아 오기 시작했다. 이렇게 재밌고 즐거운데 다양한 악기가 있었으면, 하는 마음에 아이들 스스로 다른 악기 하는 친구들을 데려왔다. 그렇게 한 군데의 학교를 어렵게 뚫어 강사 생활을 시작하니 그다음은 훨씬 수월해졌다. 여러 군데의 학교를 나갈 수 있게 되었다.

안정적으로 오래 근무하게 된 학교에 자리를 잡고도 나는 여전히 일 년에 한 번은 이력서를 썼다. 언제 어떻게 될지 모르는 강사 인생이니 마음을 다잡고 조용히 한 번씩 정리했다. 너무 오래되거나 불필요해 보이는 경력은 없애고 새로운 경력을 업데이트했다. 수업 시수가 줄어들면 다른 학교에 이력서를 내고 겸임을 하기도 하면서 그렇게 열심히 아이를 키우고 일을 했다.

십 년을 근무한 학교를 끝으로 한 해 동안 쉬면서 다시 일을 시작해 보려 했는데, 코로나 바이러스로 오케스트라, 합창 활동은 거의 없어졌다. 내 아이가 속한 오케스트라도 온라인으로 수업을 하는데 지켜보니 안타깝다. 파트를 각자 녹음해서 숙제로 선생님께 보내는데 참 재미없어 보인다.

합주야말로 온라인 수업이 대단히 아쉬운 분야다. 같이 모여 지휘자와 눈 맞추며 소리를 합하는 경험은 온라인으로는 경험할 수 없다. 이 즐거운 경험을 마스크 벗고 할 수 있는 날이 오겠지. 그때까지는 학교도 온라인으로 수업을 하니, 아이들을 내가 돌보면 좋을 것 같아 열심히 거둬 먹였다. 그간 집에서 수고 많았다. 이제는 내가 다시 밖으로 나갈 시간이다. 신발 끈을 조여 맬 시간이다.

이력서를 다시 한번 정비한다. 지난 내 인생이 여기에 있다. 다양하고도 부지런하게 살았다. 자랑스러운 이력서다. 이 종이 한 장에 담긴 내 노력과 땀이 자랑스럽다.

누군가 알아주지 않아도 그 안에 지난 나의 세월과 공이 종이 한 장으로 남았다. 내 인생이 누군가에 의해 가볍게 평가되더라도, 내 인생은 묵직하고 소중했으므로 이제는 마음을 덜 다치기로 한다. 어차피 때가 되면 누군가는 나를 알아주고 발견하게 되어 있다. 내가 아무리 발버둥 치고 노력을 해도 불러주는 사람이 있을 때 나는 비로소 종이 이력서를 넘어서게 된다.

좋아하는 일을 할 수 있을지, 아니면 먹고사느라 재미없는 일을 하게 될지는 모르겠다. 그렇지만 일은 일이다. 일로 얻는 소득은 나와 가정을 부드럽게 돌아가게 한다. 그 소중한 소득을 위해 나는 아직도 일 년에 한 번 이력서를 쓴다.

녹색학부모회 교통봉사

아이는 한 마을이 다 같이 키우는 존재

우리 아이들이 다니는 초등학교는 전체 학부형들이 1년에 한 번씩 녹색학부모회 교통 봉사를 한다. 자원하는 학부형들에게만 '몰빵'해서 힘들게 운영되는 학교도 있다는데, 우리는 공평하게 한 아이당 1년에 한 번씩 서게 된다.

이 교통 봉사를 해보면, 우리 아이들이 등교하면서 엄마들의 손길을 여러 곳에서 받는 걸 느끼게 되어 참 감사하다. 직장 다니느라 아이들을 학교에 데려다주지 못해 길을 건널 때마다 걱정했는데 녹색학부모들이 든든하게 지켜주니 안심하고 출근할 수 있었다.

당번 날 아침, 차량 정지용 깃발과 녹색 앞치마를 갖추고 지정 장소로 도착했다. 5미터 전방에 아주 어린 형제 둘이 손을 잡고 온다. 동생은 롱패딩을 야무지게 입었는데, 형아는 아직 쌀쌀

한 날씨에 얇은 티셔츠 하나만 입고 있다. 보기만 해도 추워 보여서 말을 걸었다.

"얘야, 너 잠바 어딨니? 엄마는 어디 계시니?"

"잠바 안 입었어요. 우리는 혼자 가요. 동생 어린이집 데려다주고 학교로 올 거예요."

이번에 갓 입학한 초1 남아인데, 어찌나 야무지던지…. 동생 어린이집은 걸어서 꽤 되는 거리인데, 두 형제가 제 몸보다 큰 가방을 둘러메고 씩씩하게 걸어간다. 저 어린 것들을 자기들끼리 가게 하고 먼저 출근하는 부모는 매일매일 얼마나 가슴 졸일지 눈물이 핑 돈다.

가는 뒷모습을 한참 바라보니 지나던 어르신, 학교 보안관분들이 안전하게 갈 수 있도록 차도 막아주시고 길도 터주신다. 지나가는 분들마다 인사하고 말을 거니 형제가 제시간에 갈 수 있을지 걱정일 지경이다. 아이 키우는 데 한 마을이 필요하다는 말을 실감한다.

등교가 본격적으로 시작될 무렵, 아이들이 와르르 몰려온다. 아이들이 많아지니 더 긴장된다. 차가 지나다닐 땐 아이들이 길을 건너지 못하도록 눈을 맞추며 말을 건다. 녹색 불이 켜지고 건널 수 있는 시간이 되면, 차량을 막고 아이들이 안전하게 건너도록 차량 흐름을 본다.

점멸등에 뛰어오는 아이가 있으면 길을 온몸으로 막고 아이를 건너게 도와준다. 아이가 길을 건너서 꾸벅 목례를 한다. 참 보람 있다. 우리 아이들에게 엄마가 있는 지점을 알려주었더니 반갑게 인사를 하고 지나간다. 그렇지만 큰애가 6학년이 되자 친구들과 등교하면서, 엄마 있는 곳을 피해 걸어가는 걸 바라보기도 했다. 서운하기도 하고 '이 녀석, 이제 사춘기가 오는구나'라는 감정을 생생히 느낄 수 있었다.

등교 시한인 오전 9시가 되어가는데 한 남자아이가 정말 천천히 걸어온다. '저 녀석 저러면 지각인데….' 싶어 아이를 부른다.

"얘야, 곧 수업 시작하는데 어서 가자!"

아이는 여전히 천천히 걸어오면서 화단에 있는 벌레도 관찰하고 꽃도 보면서 여유를 부린다. 학교 가기 되게 싫은가 보다 싶었다. 나도 마감 시간이 다 되어 아이 손을 잡고 오늘의 교통봉사를 마무리한다. 빠른 걸음으로 아이를 데리고 교문을 들어서니 마음이 놓인다.

"교실로 어서 뛰어가라." 총총 걸어가는 아이에게 큰 소리로 말해주곤 녹색학부모실에 장비를 반납하러 간다. 거기 모여 있는 엄마들과 인사를 나눈다. 여유가 있으면 차 한잔하고 갈 때도 있지만, 출근 시간을 맞추려고 급하게 인사만 하고 나와야 할 때도 많았다. 그래도 그곳의 엄마들과는 언제나 말없이 통하는 끈끈한 유대감을 느낄 수 있다.

맞벌이가 많아지니 엄마들뿐 아니라 아빠들도 녹색학부모 활동에 많이 참여하는 것도 그전과는 달라진 풍경이다. 얼마 전 아기 띠에 어린아이를 업고 활동하는 아빠를 보며 감사함에 목례를 했다. 정지 휘장을 내보이고 몸으로 찻길을 막아서서 아이들 길을 건네주는 엄마에게도 목례를 했다. 아이들의 안전에 부모의 성별 구분이 있을 리 없다.

번듯한 직장에 다녀야만 육아휴직, 탄력근무제의 혜택을 받을 수 있는 게 여전한 현실이다. 모두가 대기업 직원, 공무원은 아니므로 육아를 하는 누구나 아이를 위해 쓸 수 있는 시간의 혜택을 받을 수 있으면 좋겠다. 우리가 낸 세금이 그런 문제에 가장 앞서 쓰였으면 좋겠다.

시간 맞춰 출근하는 강사 노릇을 하면서, 주말부부를 하면서도, 나도 어찌어찌 오늘까지 녹색 교통 봉사를 해왔다. 직장 출근을 늦출 수 없는 직종이라 수업이 늦게 시작하는 날에 맞춰 아이 담임 선생님께 녹색 활동 스케줄 조정을 부탁드렸고 꼭 임무를 완수했다. 그간의 수많은 동동거림이 오늘 만난 어린 형제의 모습에서 다시 스친다.

어린아이들은 아플 때 부모의 보호 아래 집에서 쉴 수 있어야 하고, 어디서든 안전하게 이동할 수 있어야 한다. 아픈 아이를 거실 카메라 앞에 눕히고, TV를 틀어주고 출근해 오전 근무를 마치고 돌아오면서 가슴 졸이던 지난날을 생각한다. 어린이집, 학원 버스에서 하차하다 사고로 죽은 아이들 기사를 보며 가슴 졸이던 지난날을 생각한다.

아이는 한 마을이 키운다. 하나의 사회, 하나의 국가가 온 마음으로 키워내야 한다. 아이의 눈물과 부모의 가슴 졸임으로 아이를 키우는 일은 이제 없어져야 한다.

장민자 선생님을 추억하며

빨강머리 앤을 좋아하던 소녀는 어느덧 중년이 되었지만

소녀는 하고 싶은 것이 많았다. 노래도 잘 부르고 싶었고, 공부도 잘하고 싶었고, 친구들과도 사이좋게 지내고 싶었다. 무엇보다도 피아노를 잘 치고 싶었다.

꿈이 많아서 실망도 많았다. 지금은 대인관계에서 어려움이 없지만, 어린 소녀는 여자아이들 무리에서 왕따를 당하기 일쑤였다. 소위 말하는 여왕벌 소녀에게 복종하기를 거부했기 때문이다.

같이 놀고 싶고 수다를 떨고 싶어도 무리에 낄 수 없었다. 그렇다고 여왕벌에게 복종하기는 싫었다. 같은 친구인데 책가방을 들어주고 간식을 가져다주고 학교 선생님을 기다리는 줄을 양보해서 맨 앞자리를 넘겨주기 싫었다.

초등학교 1학년 시절, 아침 일찍 학교 운동장에 도착해서 반별로 줄을 서면 담임 선생님이 오셔서 아이들을 인솔해 교실로 데려가 주셨다. 나는 일찍 도착해서 맨 앞줄에 서고 싶었다.

우리 담임 선생님은 인자한 분이셨다. 지금도 '장민자 선생님'이라는 성함이 내 머릿속에서 잊히지 않는다. 그분에게 "네가 제일 일찍 왔구나." 하는 칭찬 한마디 들으면 하늘을 날 것 같았다.

어느 날, 아침 일찍 갔더니 다른 친구가 와 있었지만 두 번째로 줄을 섰으니 기분이 좋았다. 그런데 제일 먼저 온 친구는 곧이어 나타난 다른 친구에게 자리를 양보했다. 그러고는 무리의 다른 친구들을 계속 끼워주기 시작했고 느지막하게 나타난 여왕벌 친구에게 맨 앞자리를 내주었다.

나는 두 번째 자리에서 어느덧 아홉 번째 즈음으로 밀려났다. 선생님과 교실로 가면서 말 한마디 나눌 수 없었다. 뭔가 잘못되었다는 느낌이 들면서 기분이 나빠졌지만 혼자 해결하기에는 역부족이었다.

그다음 날, 나는 더 일찍 집을 나섰다. 그 무리의 또 다른 친구가 와 있었다. 그 친구도 역시 어제와 같은 일을 반복했다. 선생님이 오시기 전에 이미 중간 이상으로 밀려버린 나는 어린 마음에 뭔가 불공정하다는 생각이 들면서 조금씩 화가 나기 시작했다. 나는 첫 번째 자리를 가로챈 친구와 이 순서를 엉망으로 만든 두 번째 친구에게 따져 물었다.

"내가 오늘 두 번째로 왔고, 네가 제일 먼저 왔잖아. 그럼 자기 자리를 지키면 되는 거지 왜 너희들이 맘대로 친구들을 껴주는 거니? 누구나 첫 번째에 서고 싶은 마음이 있는데 왜 쟤만 매일 맨 앞에 서는 거니?"

"이건 우리 규칙이야. 내가 제일 먼저 왔으니까 내가 같이 서고 싶은 친구에게 자리를 줄 권리가 있어!"

"그건 권리도 아니고 규칙도 아니지. 온 순서대로 줄을 서는 것이 규칙이야! 너희들이 순서를 다 엉망으로 만들고 있잖아."

그 여왕벌 친구는 팔짱을 끼고 서서 말도 없이 웃기만 했다.

다음 날부터 나는 조직적으로 왕따를 당했다. 난 일곱 살에 입학했지만 키가 반에서 제일 커서 아이들이 나이를 잘 몰랐다. 다만 여왕벌 친구는 나랑 같은 유치원을 다녀서 내 나이를 알고 있었다. 여왕벌이 그 얘길 퍼뜨렸는지 같은 반 친구들이 운동장에 줄을 서 있는 내게 몰려와서 명령했다.

"너 일곱 살이라며? 이제부터 우리한테 언니라고 불러!"

지금 생각해 보면 웃기기도 하고 어이없어 코웃음이 나오는 일이지만 당시 나에게는 정말 큰 문제였다. 그러나 '받아쓰기 나보다 못하는 것들이 얻다 대고 언니라고 하래!'라는 생각만 하고 말로 뱉지를 못했다.

그해 겨울방학에는 작은 외과 수술이 예정되어 있었는데 유치원 엄마들끼리 알고 지내니 그 아이도 그 사실을 들었나 보다. 우리 반에는 2차로 내가 옮길 수 있는 전염병을 가졌다는 소문까지 돌게 되었다.

그 아이들은 또 내게 몰려와서 따져 물었다. "너 병 걸려서 수술한다며? 그거 전염된다며?"

"간단한 수술이고 전염 안 되는 거야! 잘 알지도 못하면서!"

너무 기가 막히고 서러웠다. 운동장 구석에서 혼자 우는 수밖에 없었다.

하루는 교실에서 숙제 검사를 받으러 줄을 서 있는데 여왕벌 친구가 지나가다 나와 부딪히며 비명을 질렀다

"네가 반지로 내 손을 할퀴어서 내가 다쳤잖아!"

"…."(상황도 이해 안 되고 어이없어서 말을 못 함)

"선생님! 수혜가 저를 다치게 했어요!"

담임 선생님은 사실 모든 것을 알고 지켜보고 계셨던 것 같다.

"너 손 좀 보자. 이거 다친 지 좀 된 상처잖아. 왜 이걸 수혜 탓이라고 거짓말하니? 그리고 너희들 내일부터는 줄 똑바로 서라. 온 순서대로 서야지 자리 맡아주는 일 하지 말아라. 선생님이 보고 있다."

선생님은 내가 친구들로부터 괴롭힘을 당하는 것을 알고 계셨다. 그렇다고 내 편을 지나치게 들어주지도 않으시면서 차분하면서도 부드럽게 여왕벌 무리들을 정리해 주셨다. 장민자 선생님은 어른의 역할에 대한 롤모델이셨다.

소녀 시절에 〈빨강머리 앤〉을 책, 애니메이션, 드라마로 여러 번 보면서 그 똑똑하고 당차고 꿈 많고 말 많은 소녀를 나와 동일시하며 너무 좋아했다. 약하지만 강한 것 같은 앤과 나는 영

혼의 단짝같이 느껴졌다. 부당한 일에는 화를 내지만 가족과 친구를 사랑하고 아끼는 앤처럼 나도 그렇게 살고 싶었다. 나의 장민자 선생님은 앤의 보호자인 마릴라 아주머니 같은 분이셨다.

우리 반엔 너무나 마르고 키가 작은 남자아이가 있었다. 엄마가 돌아가시고 아버지는 알코올중독에, 중학생인 형은 가출했다는 이야기를 들었다. 어린 나는 집에 갔을 때 엄마가 없는 삶을 상상하기 힘들었다. 그 아이는 돌봄을 제대로 받지 못하는 티가 날 수밖에 없었다.

지금은 학교에서 준비물도 다 마련해 주지만, 그때는 준비물도 숙제도 전부 엄마 몫이었다. 수업이 끝나고 병아리처럼 줄을 서서 하교하면 선생님은 그 아이를 학교 앞 문구점에 데리고 가셔서 당시 초등학생 필수품인 '물체주머니'부터 자잘한 학용품들을 사 주셨다. 나중에는 문구점 하나를 지정해서 그 아이가 뭔가를 가져가면 나중에 한꺼번에 선생님이 그걸 결제해 주셨다. 또 선생님은 학습이 부진한 그 친구를 교실에 조용히 남겨서 공부도 도와주시고, 더 돌봐주기도 하셨다.

언젠가 내가 전과목 '수'가 표기된 성적표를 받고 기쁨의 함성을 질렀던 적이 있다. 장민자 선생님은 나를 따로 불러 조용히 타일러 주셨다. "이런 걸로 너무 좋아하면 다른 친구들이 속상해한단다." 선생님은 내게 겸손한 자세를 기품 있게 가르쳐 주셨다. 그때는 그런 의미를 몰랐으니 집에 돌아와서 서운하기만 했지만, 지금 생각해 보면 선생님의 인격이 얼마나 훌륭했는지를 알 수 있는 일화다.

나는 선생님을 보면서 언제나 큰 감동을 받았다. 나도 저런 어른이 되고 싶다는 마음을 처음 알려주신 장민자 선생님. 세상 모든 일을 다 알고 계시고, 세상 모든 아이들을 보살펴 주신 장민자 선생님을 만나서 너무나 행복했다.

꿈 많던 소녀는 항상 부지런히 살았지만 대단한 위인이 되지는 못했다. 공부를 많이 해서 큰 인물이 될 줄 알았는데 현실은 녹록지 않았다. 중년이 되면 우리 선생님처럼, 마릴라 아주머니처럼 푸근하고 인자한 어른이 되고 싶었는데 그것도 실패다. 나는 여전히 빨강머리 앤에서 자라지 못하는 느낌이다.

여전히 부당한 상황을 보면 참지 못하고 앤처럼 따지고 든다. 직장에서 미운털이 박힐 때도 있었고, 가끔은 선 넘은 멘스플레인이나 성희롱을 하는 온라인의 아재들을 글로 패기도 했다. 내가 저 아저씨들을 대체 왜 가만두고 봐야 하는가? 참을 이유가 하나도 없다. 가차 없이 말로 들이팼다. 나이 들면 자동으로 우아해질 줄 알았는데 나는 멀었다.

사십 대 중반이 된 지금도 선생님의 인자한 음성과 가르침이 생각난다. 이제 나도 나를 가르치던 그 시절 선생님의 나이와 비슷해졌다. 나는 여전히 장민자 선생님처럼, 마릴라 아주머니처럼 조용하고도 강하게, 우아한 삶을 살고 싶다. 현실은 나를 쌈닭으로 만들지라도, 마음속엔 늘 선생님을 품은 채 나이 들고 싶다.

나의 스타일론(論)

옷은 이렇게 입어보라

아들만 둘을 키우니 딸에게 이것저것 입히는 즐거움이 없어 서운할 때가 많았다. 그런데 주변에 딸을 키우는 지인들 이야기를 들어보면 딸들도 나름의 주관이 뚜렷해서 엄마의 취향을 거부하고 자신이 원하는 스타일을 고집하는 경우가 많다고 한다.

내가 귀여워하는 후배의 딸들은 어린이집에 갈 때 머리부터 발끝까지 핑크색의 공주풍으로 맞추고 간단다. 핑크 머리띠부터 핑크 재킷. 안에는 핑크 티셔츠에 바지는 핑크 바지, 핑크 팔찌에 핑크 구두를 신길래, 그 엄마가 "다 핑크잖아!" 하니 네 살짜리 둘째가 억울하다는 듯이 "엄마, 티셔츠는 베이비 핑크고 구두는 핫핑크야. 다 쪼끔씩 달라"라고 항변을 했다고 한다. 그 어린 아이가 식별하는 핑크 컬러의 넓은 스펙트럼이 정말 놀랍다.

하늘 아래 같은 레드 립스틱은 없고, 같은 블랙 티셔츠도 없다는 성인 여성들의 항변과 같아서 더욱 귀엽게 느껴졌다. 어린 여아들은 공주를 꿈꾸며 엄마 눈에는 너무나 촌스러운 옷들을 주렁주렁 걸치고 나간다. 남아들은 히어로, 공룡, 로봇을 꿈꾸며 괴상한 옷들을 고집한다.

내가 유치원 아이들 가르치면서 가장 힘들었던 부분이 바로 옷이었다. 그 연령대 아이들은 머리부터 발끝까지 전부 포인트를 주는 경우가 많다. 가르치는 선생 입장에서 그걸 진심으로 찬탄해야 하는 것이 정말 힘들었다.

너무너무 웃기고 부자연스러운 패션인데, 예쁘다고 하이톤으로 반응을 해야 한다. 그 칭찬을 들은 어린이들의 표정은 정말로 사랑스럽다. 남자아이들이 목에 보자기라도 매고 오면 세상 용감한 히어로를 본 것처럼 반응해야 한다. 그때 그 아이들의 표정도 정말 사랑스럽다. 힘든 일이긴 하지만, 그 사랑스러운 표정을 보는 것만으로도 칭찬을 해줄 이유는 차고 넘친다.

아이들도 초등학교에 가고 나이를 한두 살 더 먹으면 더 이상 저런 패션은 구사하지 않는다. 그러니 저 연령대에 마음껏 입게 하고 사진 찍는 것 또한 큰 추억이다. 어릴 때 할 수 있는 모든 것을 해보고 나면 자신이 원하는 것과 추구하는 취향도 생긴다.

나도 대학에 입학해서도 여전히 실수투성이의 옷을 입고 다니면서 많은 시행착오를 했다. 그 시행착오 끝에 얻은 내게 어울리는 패션을 구사하는 팁을 풀어본다.

1. 내게 직업적으로 필요한 옷, 내게 잘 어울리는 옷, 내가 입고 싶은 옷을 구분하자.

나는 슈트가 잘 어울리는 체형이다. 넓은 어깨와 큰 체형을 장점으로 바꿔준다는 뜻이다. 학교나 회사에 근무할 때 필요하면서도, 잘 어울려서 적극 활용했던 룩이다. 잘 재단된 슈트를 입으면 한 사이즈 작아 보이는 효과가 있다. 하지만 이런 스타일이 잘 어울린다고 해서 육아휴직 중인 사람이 어린이집 등원시킬 때 이런 룩을 할 수는 없다.

전업주부라면 몸을 조이지 않으며 살림과 육아에 용이한 이지룩을 선호할 텐데, 요즘 청바지 중에 이너 밴딩을 넣어, 다른 사람이 보면 그냥 청바지 같은데 입은 사람은 트레이닝복처럼 느끼는 아주 편안한 옷들이 많다. 여기에 클래식하면서 루즈한 스트라이프 티셔츠나 화이트 셔츠를 입으면 깔끔하고 편안한 이지룩의 하나가 완성된다.

직종에 따라 옷차림에 큰 차이가 생겨나니 광화문은 슈트, 판교는 면바지에 체크 남방 부대가 가득하다고 한다. 직업이 요구하고 필요로 하는 옷차림이 이렇게 다르다는 뜻이다. 내가 종사하는 직업에 어울리면서 내게도 잘 어울리는 룩과의 간격을 좁히면 아침마다 전쟁을 덜하게 된다.

2. 쇼핑에 실패를 많이 해보자. 그게 두려우면 품을 팔자.

나는 동대문 의류 시장과 아웃렛, 백화점 매대에 오랫동안 돈을 갖다 바친 사람이다. 갖고 싶고, 입고 싶은 옷은 많은데 재화는 한정되어 있으니 저렴한 곳을 찾게 되어 있는데 대학생이 되어서는 동대문 도매시장에서 많은 시간을 보냈다.

처음에는 옷 자체가 예쁜 것만을 선호해서 실패도 많이 했는데, 불행히도 동대문은 환불이 안 되는 곳이라 어떤 옷이 어울리는지 아닌지를 돈을 써가며 철저하게 복기했다. 프리 사이즈의 카디건을 사서 입은 날, 아빠가 한 마디 하셨다. "요즘은 배냇저고리가 유행이냐?" 소매는 짧고, 허리선, 어깨선 다 내게는 넘치도록 작은 옷이어서 그리 말씀하셨는데, 뼈아프지만 사실이 그러했다.

돈을 낭비하기 싫다면, 좋아하는 스파 브랜드에 가보자. 나는 마시모두띠, 코스, 앤 아더 스토리즈 등 유럽 쪽 브랜드를 선호하는 편이다. 바쁘지 않은 날, 찬찬히 둘러보고 원 없이 입어본다. (백화점 입점 브랜드 중 띠어리, 빈스, 조셉, 타임, dkny 등을 좋아하나 여기서 원 없이 입어보는 것은 어지간한 강심장이 아니고는 힘들다) 이제까지 시도하지 않은 새로운 스타일도 입어보자. 혹시라도 잘 어울려서 구입했다가 가족들에게 반응이 안 좋다면 언제든지 환불이 가능한 게 스파 브랜드의 장점이다.

키가 작은 사람들에게는 걸스 라인을 추천한다. 자라 걸스에 가면 예쁘고 세련된 옷들이 성인 옷의 반값 수준. 딸을 키우는 엄마라면 커플룩도 가능하다. 이렇게 품을 팔아 부지런히 입어보면 감이 생긴다.

3. 옷이나 소품 전체 통틀어서 색상은 세 가지를 넘지 않을 것.

화이트 셔츠에 블랙 팬츠라면 가방이나 구두 중 하나만 화려한 색으로 하고 나머지는 블랙으로 맞춘다. 물론 트위드 재킷처럼 옷 하나에 이미 여러 컬러가 들어 있다면 하의와 소품, 액세서리는 최대한 힘을 빼고 심플하게 간다. 타고난 컬러 감각이 있는 사람은 다섯 가지 이상의 색을 조합하고 무늬와 패턴을 동시에 매치해도 어색하지 않지만 그 정도 고수가 아니면 이 방법이 가장 안전하다.

4. 컬러를 한 톤으로 통일하면 소재를 다르게 매치하자.

블랙으로 통일할 때 전부 매트한 블랙이면 그저 상갓집 룩으로 보일 수 있다. 코트, 니트, 머플러가 울 소재라면 바지는 코팅 진이나 가죽 팬츠를 매치한다. 하의가 반짝인다면 구두는 스웨이드 소재로 누르거나 아예 더 반짝이는 에나멜 소재를 매치한다. 같은 블랙도 가죽, 코팅 원단, 벨벳, 면, 실크, 니트 소재에 따라 그 느낌이 완전히 다르다. 여러 가지를 잘 섞어 입어보는 즐거움도 크다. 색이 하나이기 때문에 실패해도 튀지 않는다.

브라운 톤의 정장 팬츠나 스커트라면 광택이 있는 가죽 재킷을 입어서 포멀한 느낌을 살짝 가볍게 한다. 그레이 톤도 한 톤만 고집하면 보살님처럼 보일 수 있으니 소재와 톤을 조금씩 달리하면 좋다.

5. 하의가 타이트하면 상의는 오버 핏으로, 상의가 타이트하면 하의는 풍성하게.

지금은 언감생심이지만, 미니스커트를 입으면 상의는 풍성한 스웨터를 입었다. 상의가 붙는 니트라면 하의는 와이드 팬츠를 입는다. 상의, 하의 전부 타이트하면 입는 사람도 불편하고 전부 루즈핏이면 아주 마른 사람을 제외하고는 5kg은 더 살쪄 보인다.

6. 상의 노출이 많으면 하의는 노출 없이, 다리가 많이 보이는 옷에는 상의를 노출 없이.

여름에 몸매 좋은 여인들이 핫팬츠에 끈나시를 입는 모습을 종종 마주칠 수 있다. 늘씬한 몸매 자랑에는 효과적이나 레이싱걸이나 행사요원처럼 보일 때도 많다. 상의가 노출이 많으면 하의는 긴 스커트나 와이드 팬츠를 입으면 멋지다. 반대로 핫팬츠나 미니스커트를 입을 때는 긴팔 리넨 셔츠나 메쉬 소재의 긴팔 니트를 입으면 훌륭하다.

7. 스타일을 믹스한다.

레이스 소재의 스커트를 좋아한다. 다만 이 스커트에 레이스 재킷, 스틸레토 힐은 너무 재미없고 전형적이다. 꾸미고 나온 느낌을 좋아하는 사람은 좋아할 수 있는 스타일링이긴 한데 너무 무겁다.

레이스 스커트에 단정한 니트를 입으면 오피스룩으로 좋다.

여기에 정장 느낌을 빼고 싶을 땐 맨투맨 티셔츠나 후디를 입는다. 스틸레토 대신 스니커즈를 신으면 레이스 소재가 주는 포멀하고 클래식한 느낌을 눌러 가볍게 입을 수 있다.

8. 액세서리를 과도하게 연출하고 싶을 땐 옷을 심플하게.

목걸이를 과하게 레이어링하거나 반지를 대여섯 개씩 끼고 싶은 날이 있다. 가끔 진주 목걸이를 큰 것부터 작은 것까지 둘둘 메고 싶은 날이 있는데 그럴 때는 옷은 최대한 심플하게 입는다. 블랙으로 통일하라는 것이 아니다. 색이 많지 않은 트위드 재킷, 워싱이 과하지 않은 깔끔한 청바지에 진주를 둘러메면 그다지 과하다는 느낌이 들지 않는다. 금붙이와 패물을 둘둘 두른 느낌의 반지, 목걸이에는 심플하게 연출한 캐주얼이 잘 어울린다. 힘껏 갖춰 입은 정장에 과도한 반지나 목걸이를 연출하면 자칫 패물을 걸고 나온 땅 투기꾼으로 보일 수 있다.

9. 화려한 구두를 신고 싶을 때는 옷을 최대한 심플하게.

빨간 새틴 소재의 구두를 신고 싶으면 옷은 라인이 심플하고 구두가 돋보이는 컬러를 찾는다. 주로 네이비나 블랙의 풀 스커트가 어울리는데 구두가 광택이 있으니 옷은 광택 없는 소재로 입으면 된다. 유리알 광택의 에나멜 구두를 신고 싶으면 구두가 돋보이는 길이의 바지나 스커트를 매치한다.

10. 옷에 따른 구두 고르기.

클래식한 롱코트를 입었을 때는 스틸레토 힐보다는 발레리나 플랫이 안정적으로 보인다. 긴 바바리코트를 입었을 때 스니커즈를 신으면 포멀한 느낌이 많이 줄고 경쾌해 보인다. 짧은 재킷을 입고 와이드 팬츠를 입었다면 한껏 높은 스틸레토를 신어보자. 다리가 평소보다 15cm는 길어 보인다. 앵클부츠를 신을 때는 바짓단을 넣을 것인지 뺄 것인지에 따라 선택이 달라진다.

한때 유행하는 조거 팬츠에 슬립온을 신고 나갔다가 친구로부터 "보살님이세요?"라는 말을 들었다. 잘못 입으면 농사짓는 사람처럼 보일 수 있으니 조거 팬츠에는 키튼 힐이라도 구두를 신거나 차라리 운동화를 신자. 물론 패션모델들은 슬립온을 신어도 멋지다.

※결론

여러 가지 스타일, 소재의 옷을 입어보고 신어보고 실패해보면 나만의 옷 입는 요령이 생긴다. 이 글을 쓰고 있는 나는 대단한 멋쟁이처럼 보일 수 있겠으나 사실을 편안한 옷을 제일 좋아하는 40대 아줌마일 뿐. 자신만의 스타일이 생기면 평소에 고무줄 바지 차림이어도 외출 시에 당황할 일이 적어진다.

진심은 말보다 물질로

현금이든 유가증권이든, 실반지나 호떡이든

"그 흔한 옷 한 벌 못 해주고, 거친 손 한 번 잡아주지 못했던…." 연인에게 자신의 모자란 사랑에 대한 미안함을 고백하는 남자들의 흔한 표현이다. 위의 문장은 오래전 인기를 끌었던 어느 유행가의 가사이기도 한데, 이런 표현이야말로 현재 40대 이상의 한국 남자들의 보편적인 정서라는 데 많은 여성들이 동의할 것이다. 정말로 이해할 수 없는 그들만의 정서라는 것도.

거친 손에는 로드 숍road shop에서 파는 3천 원짜리 핸드크림이면 충분하다. 생일날 따뜻한 밥 한 번 못 사주다니, 그게 말이 되는가? 백반집에 가면 갓 지은 밥을 한 상 먹을 수 있는데 2인 기준 2만 원이면 아주 충분하다. 도대체 왜 이런 표현이 가사와 노래에 착착 붙었으며 당대의 공감을 받으며 인기를 얻었는지 여전히 미스터리다.

사람의 성별, 나이와 상관없이 사랑을 담은 진심을 표현하려면 '물질'이 최선이다. 부모가 자식에게 주는 사랑을 생각해 보면 간단하다. 부자 부모라면 건물도 증여해 주고 신탁예금도 마련해 주겠지만 대부분의 보통 사람들은 그렇게 해줄 수가 없다.

그저 제한된 가용재화 안에서 최선을 다해 예쁜 아기 옷도 사주고, 유행하는 장난감도 중고 마켓에서 사면서 눈에 넣어도 아프지 않을 아기를 위해 이리저리 돈을 쓰고 노력한다. 가난한 부모라도 가진 것 안에서 최선을 주기 위해 시간과 공을 들여 물질을 만들어낸다.

연인 사이라면 더 확실하게 그 마음이 드러난다. 좋아하는 사람에게 내가 좋아하는 것, 상대에게 어울릴 만한 것, 상대를 빛나게 해주는 것을 꾸준히 생각하며 물질을 선사하는 것이 사랑이고 진심이다. 그 진심을 로고가 큼직한 명품 백이나 비싼 시계로 보여 달라고 강요를 하는 것은 물론 사랑이 아니다. 그렇지만 해줄 능력이 있고 상대에게 해주고 싶어서 해주는 것이라면 그것은 진심의 표현이다.

비싼 물건을 사줄 능력이 되지 않아도 내가 가진 것 중에 가장 값진 것을 준다면 그 또한 진심이다. 바쁜 일이 많아서, 이번 달엔 지출이 많아서 네게 해줄 수 없다고 말을 하는 것은 이미 그 사람에게 줄 진심이 없는 것이다. 진심에는 핑계가 없다. 진심을 보이고 싶은 상대는 항상 내 마음속 1순위 자리를 내어줄 수밖에 없다.

아무리 바빠도 밥은 먹을 것이고, 화장실에서 볼일을 볼 것이다. 회사에서 매일 야근을 하고 회식이 잦더라도 잠깐의 시간은 누구에게나 난다. 연락할 짬이 안 나더라도 마음속에 상대가 가득 차 있으면 그 잠깐의 시간에 저절로 연락하고 싶어진다. 그것조차 안 한다면 그 사람은 내게 사랑도 진심도 없는 것이다. 머릿속에 나를 생각하는 시간도, 연락하는 잠깐의 시간도 결국은 물질을 만들어내는 시간이므로 그 또한 진심이다.

말로만 보이는 진심은 의미가 없다. 살아보니 더 알 것 같다. 그리고 온갖 입에 발린 말을 하는 사람뿐 아니라, 가족 혹은 연인에게 "지금 참고 견디면 나중에 보상할 거야."라는 사람 역시 멀리해야 한다. 순간순간의 작은 기쁨을 누리지 못 하는 사람은 나중이 오더라도 기쁨을 누리는 방법을 모른다.

그때그때의 수입을 다 낭비하자는 이야기가 아니다. 백화점에서 명품은 못 사도 시장에서 사랑하는 사람이 좋아하는 호떡이나 과일을 사다 주는 사람은 작은 기쁨을 누리고 나눌 줄 아는 사람이다. 사랑하는 사람과 미래와 인생을 설계하면서 장기적인 절약을 통해 자산을 축적하려는 계획을 세우면서 그때그때의 소소한 즐거움을 나눈다면 그것이 진짜 사랑이다.

학생 시절에 읽은 김한길 작가의 에세이 『눈뜨면 없어라』의 마지막 구절은 내내 가슴에 남아 있다. "그녀와 나는 결혼 생활의 실패를 공식적으로 인정해야만 했다. 바꾸어 말하자면, 이혼에 성공했다. 그때그때의 작은 기쁨과 값싼 행복을 무시해버린 대가로."

평범하게 작은 기쁨을 누리며 사는 인생이 얼마나 소중한가. 우리가 지닌 가장 소중한 것을 사랑하는 사람에게 전하자. 그것이 내 진심을 전달하는 가장 확실한 방법이다. 그것이 현금이든 부동산이든 얇은 실반지든 간에. 혹은 우리가 한 식탁에서 먹을 수 있는 달콤한 호떡과 과일이든 간에 말이다.

"미인이시네요"는 너무하잖아요?

당신이 황홀한 미남이 아니라면

직장과 사회에서, 공적이거나 사적인 만남의 자리에서 흔하게 들어온 남자들의 불쾌한 인사말을 생각해 본다. 그중에서도 초면에 남의 외모를 품평하는 예의 없는 아재들의 행태는 많은 여성들이 겪는 괴로움이다.

2020년 초여름, 21대 국회 개원 후 처음 열린 보건복지위원회 전체회의에서 한 남성 국회의원이 보건복지위원장인 여성 국회의원에게 "위원장님, 평소 존경하고 날이 갈수록 더 관록이 쌓이고 아름다워져서 잘 모시겠다."는 인사말을 했다. 회의가 끝나고 위원장은 "우리 상임위에서는 외모와 관련된 것은 하지 않는 것으로 조금씩만 배려하고 조심해 달라."고 말했다.

이 기사가 나오자 여성들 반응은 '당연히 외모 언급은 하지 말아야 한다'였지만, 남성들의 반응은 달랐다. 외모 언급 자체가 실례인 것을 아는 사람도 있었다. 그러나 이 문제 제기 자체를 극단적인 일부 페미니스트의 문제로 치부하는 남성들도 있었다.

거기에 더해 '칭찬을 하는 것도 안 되는 것이냐', '칭찬이 왜 문제냐', '이것은 젠더 감수성의 문제가 아니라 기본적인 예의의 문제이며 인간성의 결여 아니냐'라고 흥분하는 사람도 있었다. 그 갑론을박의 대화 속에서 가장 충격을 받은 것은, 남성들이 여성의 외모에 대해 좋은 평가를 하면 그것이 칭찬이라고 생각한다는 것이었다.

여자들은 외모에 대해 항상 객관적이고도 적나라한 평을 받고 자란다. 젊은 여성의 외모는 어딜 가나 평가와 비판의 가장 좋은 먹잇감이다.

가장 많은 사랑을 주는 부모조차도 딸의 외모에 대해서는 비판의 날을 세운다. 지금은 나도 비교적 멀쩡하지만, 우리 부모님 밑에서 자라며 나는 내가 세상 제일 못난이인 줄 알았다. 살쪘으니 밥을 적게 먹어라, 다리가 휘니 앉을 때 다리를 쭉 뻗어 앉아라, 자세를 항상 바르게 해라, 다리가 곧고 예뻐야 한다. 살이 찌면 못생겨지니 너무 많이 먹지 마라…. 집에서도 저런 평가를 받으니 집 밖에 나가면 더 말할 것도 없다.

반면, 남자들이 받는 평가는 굉장히 후하다. 살이 찌면 '남자답게 체격이 좋다', 이목구비가 자유분방해도 '남자답게 잘생겼다'로 귀결된다. 모든 사람이 다 미남, 미녀일 수 없지만 이런 성장 배경의 차이로 인해 남자들의 근자감(근거 없는 자신감)이 점점 확고해진다. 내가 아는 대부분의 남자들이 다들 자신이 꽤 괜찮은 외모를 지녔다는 생각을 굳힌 상태다. 즉, 나 정도면 어떤 여자와도 만날 수 있다는 자신감을 장착하게 되는 것이다.

더불어 남자들은 여자들에게 "미인이시네요"라고 하면 듣는 사람이 좋아할 거라는 착각도 한다. 이 멘트를 인사치레로 남발하는 경우가 있는데 일부는 그렇기도 하지만 대부분 그렇지 않다. 공적인 일로 만나서 저런 얘기를 들으면 대부분 불쾌하고, 사적으로도 저걸 대뜸 인사말이라고 하는 자체가 더 불쾌하다. 왜 남의 외모를 본인이 감히 평가하는가? 미인이라고 평가했으니 영광인 줄 알라고?

"미인이시네요"라는 말을 듣고 기분 좋은 경우는 상대가 황홀한 미남일 때만 그러하다. 황홀한 미남은 지구상에 거의 없으니 이 언급을 하지 말라는 것이다. 이 칭찬은 같은 여자에게 들으면 기분 좋다. 여자들은 조용히 와서 서로 칭찬하지 큰 소리로 공식적인 자리에서 칭찬하지 않는다. 타인의 시선을 집중하게 하는 것이 실례인 것을 안다.

여자들은 남자들에게 '미남이시네요'라는 말을 하지 않는다. 초면에 그런 쓸데없는 외모 이야기는 하지 않는다. 미남을 보고 미남이라고 칭찬할 정도의 친분이 쌓이지 않으면 대부분 외모 자체를 언급하지 않는다. 그가 진짜 미남이라면 '굳이' 할 필요가 없는 이야기이고, 그가 미남이 아니라면 '더더군다나' 할 필요가 없는 말이기 때문이다.

여자가 광어나 도다리도 아니고

자연산 같은 건 없다

페이스북에서 자신만의 전문 영역에서 일을 잘하고 있는 여성이 셀카를 올렸다. 이목구비가 단정하고 큰 주름 없이 아름다운 이 여성에게 남자들이 찬양하는 댓글들을 보았다. 이분은 최근에 체중이 늘면서 얼굴에 살이 올라 주름이 없어지고 얼굴에 볼륨이 생겨 친구로부터 시술했느냐는 칭찬(?)을 들었다고 했다.

같은 여성이 봐도 충분히 예뻤으니 아름답고 자연스럽다는 칭찬까지는 보는 사람도 흐뭇했으나, 순리를 거스르지 않는 미인(보톡스를 맞지 않았으니)이라는 댓글도 보았다. 남의 얼굴에 순리까지 들먹이는 남자들이 '자연미인'이 최고라고 치켜세우는 반응들을 보니 참 재밌었다. 아니, 사실은 가소로웠다고 해야 정확했을 것이다.

남자들이 찬양하는 '자연미인'이란 무엇인가?

1. 눈에 띄게 예뻐야 함
2. 눈에 띄게 날씬해야 함.
(위 두 조건을 충족하면서)
3. 성형 티 없이
4. 수수한 차림새

아마 이 정도로 요약할 수 있겠다.

결국, 큰 성형 수술 없이 쁘띠 시술과 피부 관리를 받고, 밥 한술 먹을 때마다 생각에 생각을 더하는 여성이 그들이 생각하는 '자연미인'이다. 꾸준히 운동하며 몸을 관리하고, 겉면의 로고가 보이지 않는(자연미 운운하는 남자들은 모르는 브랜드. 보통은 입이 떡 벌어질 가격이다.) 비싼 옷과 백으로 우아미를 추구하는 여인이 '자연미인'인 것이다.

드물지만 그렇게 부지런히 자신을 관리한 여인들은 같은 여자가 봐도 참 아름답다. 백발을 염색하지 않고 굵은 주름을 순리대로 내버려 둔 사람들이라고 아름답지 않은 건 아니지만. 아이들 키우며 일하느라 운동할 시간이 없어 근육량도 적고, 신선한 재료로 요리할 시간이 없어 탄수화물로 찐 살을 그저 방치하는 사람들을 어떻게 볼 것인가? 그런 평범한 사람은 그저 '나는 자연인이다'일 뿐이라며 비웃고 넘어갈 것인가?

남자들이 말하는 '수수한 차림새'에도 얼마나 많은 인공의 노력이 들어가는지 그들은 잘 모르겠지. 화려한 네일케어 대신에 그 수수함으로 찬양받는 '단정한 손'은 다음의 복잡한 과정으로 만들어진다. 끊임없이 손을 씻은 후(여성들은 화장실 사용 후에 꼭 손을 씻고, 외출 후에도, 그 밖에도 수시로 손을 씻는다) 핸드크림을 수시로 바른다. 네일숍에 가지 못하더라도 손톱을 잘 관리하고, 손톱 색과 비슷한 컬러의 매니큐어를 바르며 끊임없이 주의를 기울여야 그런 손이 나오는 것이다.

스스로 자연스럽게 손질하는 것 같은 청순미의 대명사, 찰랑찰랑한 긴 생머리는 어떤가? 그 생머리는 미용실에서 서너 시간 이상을 앉아 고통스럽게 머리를 곧게 펴는 펌을 하고, 손상될까 봐 샤워하면서 헤어팩을 하고 찬바람으로 정성껏 말려 관리하는 결과물이다. 그리고 그런 '여성스러운' 머리와 조화를 이루는 '주름 없는 고운 피부'는 밤에 피곤한 눈을 하고는 거실 청소를 하면서 마스크팩을 쓴 결과이다.

눈에 띄는 날씬한 몸매는 밥 한 끼 먹을 때마다 먹고 싶은 메뉴보다 살이 덜 찌는 메뉴를 골라 배가 부를까 말까 하는 지점에서 숟가락을 내려놓은 결과물이다. 헬스클럽에 갈 시간이 없다면 집에서 유튜브를 찾아 청소 후에 아이들 재우고 매트를 깔고 홈트나 요가를 한 노력의 결과다. 또 그런 몸매와 어울리는 '단아하고 단정한' 차림새는 비싼 옷을 척척 사 입지는 못해도, 최대한 좋은 소재와 심플한 디자인의 옷을 찾아 가성비를 추구한 노력의 인증이다. 세일 기간을 노려 발품과 손품을 팔아 갖춰 입은 결과물이다.

이런 노력은 자연의 것인가, 인공의 것인가. 그 바보 같은 남자들의 댓글을 읽다 보니 헛웃음이 나온다.

자연, 순리, 거스르지 않는 아름다움….

여자가 광어, 도다리도 아니고 자연산 좀 그만 찾길 바란다.

여자들도 '자연미남'을 좋아하지만, 희귀한 자연미남 대신에 '관리미남'이라도 좀 구경하고 싶다. 그러니 나는 자연스러운 아름다움 운운하며 헛소리를 지껄이는 아재들에게 충고하고 싶다.

그 등산복을 벗고 여자들처럼 관리 좀 하라고, 여자들이 힘쓰는 노력의 백분의 일이라도 기울여 보라고, 중년을 지나면 그 임신 6개월 이상 된 배는 좀 넣으라고, 그 배를 하고는 남의 외모에 관해 품평하지 말라고.

인생은 웨이트 트레이닝과 같다

사는 것이 숨 가쁘고 지칠 때 1

사는 것은 누구에게나 공평하게 힘들다. 각자 등에 짊어진 짐의 무게는 다르지만 각자 느끼는 고통의 크기는 별반 다르지 않아 보인다. 비혼의 삶을 기혼이 쉽게 말할 게 아니고, 비혼 또한 기혼의 삶이 지닌 무게를 짐작할 수도, 짐작할 필요도 없다.

직장에서 퇴근하며 저녁 메뉴와 식재료 구입, 냉장고 마스터플랜을 고민하는 내게 싱글인 후배는 항상 감탄을 했다.

"엄마가 차려주는 밥 먹고 빨래해 놓은 옷 입고 직장만 다녀도 힘들어 죽겠는데, 그 많은 일을 어떻게 다 감당하세요?"

"그건 일이 한꺼번에 닥치지 않으니 가능하지. 결혼해서 둘이 살면서 살림을 익히다 아이가 태어나면, 늘어난 식구 수에 또 익숙해지게 되더라. 그만큼 늘어난 일에도 차차 적응을 하는 거야. 당신도 다 할 수 있어. 지금은 엄마가 해주는 서비스를 즐겨."

나도 결혼 전엔 내 몸 하나 건사하는 것도 힘들어 쓰러질 지경이었던 시절을 지나왔다. 물론 힘든 시절이 끝난 건 아니다. 지금은 더 큰 공들을 하루하루 저글링하는 일상을 산다.

딸아이를 낳아 백일 정도 키운 후배가 내게 물었다.

"저는 딸아이 하나도 이렇게 키우기 힘든데 언니는 아들 둘을 어떻게 키웠어요? 너무 힘들지 않아요? 저는 아들 둘은 못 키울 거 같아요."

"애는 하나일 때나 둘일 때나 똑같이 힘들어. 하나를 낳았을 땐 둘을 키워보지 않았으니 그 세계를 알 수도 없고, 또 아이를 처음 키워보니까 너무 힘들지. 네가 힘든 건 당연한 거야. 둘을 낳아보니 정말 힘들긴 해. 그렇다고 다시 배 속에 넣을 수도 없으니 그저 키우는 거야. 너도 닥치면 다 하게 되어 있어."

"언니, 근데 이제 백일인데도 애기가 너무 무거워요. 언니 아들들은 더 무거웠을 텐데 어떻게 안고 다녔어요?"

"애기가 처음 나오면 대략 3.5킬로그램 전후인데 그때는 그래도 안을 만하지. 점점 무거워지면서 우리 애들은 백일 때 8킬로, 돌 때는 12킬로를 찍었어. 그래도 두 아이 다 어찌어찌 안고 다니긴 했지. 나도 신기했어. 그냥 적응의 문제가 아닐까? 웨이트 운동을 하러 가서 증량하는 것처럼, 아기 역시 서서히 무거워지니 부모도 다 적응할 수 있어. 처음부터 8킬로짜리 애기를 안고 다니라고 하면 인류가 멸망했겠지."

그럼 아이를 하나 낳아서 키우는 사람은 둘을 키우는 사람보다 수월한가? 그렇지 않다. 아이를 하나 낳아서 키우는 사람은 둘을 키워보지 않았으므로 아이 하나가 세상의 전부이다. 익숙하지 않은 육아를 경험하며 세상에서 가장 힘든 일과 고군분투 중이다.

아이를 둘 이상 낳아서 기른 사람들은 아이 셋이, 넷이 얼마나 힘든지 짐작은 할 수 있다. 하지만 그 또한 짐작일 뿐, 내 앞에 있는 아이가 가장 큰 숙제요 짐이다.

싱글의 삶은 간결하고 신나고 즐거움의 연속일까? 싱글은 모든 정신적, 경제적 책임을 스스로 지며 나이가 들고 부모가 죽고 나면 그야말로 완벽한 독립을 해야만 한다.

시간강사를 하면서 2년에 한 번씩 학교를 옮겨 다니고 짐을 싸는 동료 강사들을 지켜보았다. 나도 재계약이 안 되면 스트레스를 받고 다른 학교를 알아보고 면접을 봤다. 혹시 최후에 채용이 되지 않더라도 굶을 걱정은 하지 않았다. 남편이 가져오는 수입이 있으니까.

싱글 선생님들을 보니 채용이 되지 않으면 당장 의료보험부터 지역의료보험으로 전환이 된다. 그 늘어나는 비용과 불안함은 온전히 그 혼자서 감당해야 할 몫이다. 더욱이 학교는 12월에 주로 채용이 이뤄지고 6월에 일부 채용이 있으므로, 12월에서 1월 사이에 다른 학교로 채용되지 않으면 1년을 공백으로 날릴 수 있다. 정말 공포 그 자체다.

그럼 기혼은 마냥 편한가? 남편의 수입이 있는 여자의 경제

활동은 용돈 벌이로 취급당하는 경우를 많이 경험했다. 요즘 세상에 혼자 벌어서 살기가 얼마나 팍팍한가. 내가 번 돈으로 아이들 먹이고 입히고 가르치고 고정 지출을 삼았는데 "너는 벌어오는 남편이 있으니 괜찮지?" 하면서 가볍게 무시당하거나 잘리면 그 또한 서럽고 괴롭다.

커다란 불행을 타고나서, 사는 동안 유별나게 팍팍하고 힘든 개인도 있을 거다. 그래서 단순하게 말하기는 힘들겠지만, 사는 것은 누구에게나 힘든 고통의 연속이다. 사람은 누구나 각자 짊어져야 할 삶의 무게를 공평하고도 묵직하게 받아서 어깨에 멘다.

그 무거운 짐을 요령껏 분산하여 내 어깨로 지고 간다. 남의 어깨는 빌리지 않는다. 고단한 여정이지만, 그 짐의 안쪽을 들여다보면 언제나 뿌듯함과 즐거움 같은 것들이 숨어 있곤 했다. 길을 걸으면서 짊어진 짐이 점점 무거워지면 그 짐을 통해 마음의 근육이 단단해진다. 마치 웨이트 운동의 묘미처럼, 내 삶의 무게에서 소박한 보람과 재미를 찾는 것이 내가 바라는 인생의 목표다.

안단테 칸타빌레:
느리게, 노래하듯이

사는 것이 숨 가쁘고 지칠 때 2

초등학교 오케스트라 지휘를 하며 아이들과 많은 시간을 함께했다. 아이들은 100여 명이 소속된 오케스트라 안에서 자신이 할 수 있는 최선을 다한다. 3월 첫 연습 전에 악보를 받으러 오는 아이들의 얼굴을 보면 정말 사랑스럽다. 무슨 곡을 하는지, 얼마나 어려운지 악보를 보며 가늠하는 얼굴들을 보면 참 뿌듯하다.

아이들은 각자 정해진 분량을 연습해서 첫 연습에 지휘자와 합을 맞춰본다. 천천히 합주가 시작되면 그때 비로소 아이들 얼굴이 환해진다. 우리는 원래 정해진 빠르기보다 훨씬 느리게 맞춰 연습을 시작한다. 그래야 나중에 작곡자가 원하는 빠르기로 정확한 연주를 할 수 있기 때문이다.

악보의 맨 위에 적힌 빠르기 용어인 'Allegretto'(알레그레토, 조금 빠르게)도 속도가 굉장히 빠르지만, 연주하는 입장에

선 'Moderato'(모데라토, 보통 빠르게)도 놀랍도록 빠르게 느껴진다. 물론 듣는 사람에겐 전혀 빠르게 느껴지지 않는다. 그런데 막상 연주해 보면 이 템포가 이렇게 빨랐나 싶어 놀라기도 한다.

한순간에 빠른 템포의 연주가 가능했으면 다 수준급 프로에 스타 연주자가 됐을 거다. 연주와 지휘에도 시간이 필요하다. 'Allegro molto'(알레그로 몰토, 대단히 빠르게)가 목표라면 학생 오케스트라를 지휘하는 지휘자도 여유를 가져야 한다. 단원들과 오랫동안 다 같이 한마음으로 연습을 해야 한다.

아이들에게 가끔 원곡의 연주 영상을 들려주면 "저걸 어떻게 해요?", "사람은 저렇게 할 수 없어요.", "우린 안 될 거예요." 라는 말을 한다. 겁이 나겠지. 아이들이고 아마추어니까 여유를 갖고 연습하기도 힘들겠지. 하지만 아이들은 그 지난하고 힘든 과정을 묵묵히 견디며 마침내 프로 연주자들과 비슷한 연주를 해낸다. 그 성취감은 이루 말할 수 없다.

우리는 인생의 모든 과정에서 빠르고 정확하게 성과를 이룰 것을 요구받았다. 주어진 목표를 향해 도장 깨기 하듯 살아야 하는 것처럼 어른들에게 배우고 쫓기듯 달려왔다. 남들보다 뒤처지면 큰일이 나는 줄 알았다.

이제 사십 대 중반을 살아보니, 인생은 여전히 길게 남아 있다. 나는 여전히 남에게 뒤처진 기분이지만 아무런 큰일은 일어나지 않았다. 우리 모두는 대단한 오케스트라의 마에스트로가 될 수도 없고, 그럴 필요도 없다.

살아가는 여정에서 템포(빠르기)는 각자의 선택이다. 결혼 전까지 나의 삶은 알레그로 몰토에서 비바체 정도였다. 위대한 일을 하고 싶었고, 누구나 알아주는 대단한 사람이 되고 싶었다. 나만 빠르게 움직이면 다 이룰 수 있는 줄 알았다.

그러나 사람은 누구나 다른 출발선에서 시작하고 등에 맞는 순풍도 얼굴에 맞는 역풍의 빠르기도 다 달랐다. 나 스스로 알레그로 이상으로 달리고 있다고 생각했건만, 결과는 모데라토 이하일 때도 많았다.

그렇다고 실망하지는 않았다. 여러 가지 속도를 느끼며, 이렇게 사나 저렇게 사나 우리는 천천히 성숙해 가며 자기 자신의 빠르기를 찾아간다. 결국 안단테 칸타빌레(Andante Cantabile, 느리게 노래하듯이)가 내 인생의 지향점이라는 것을 깨닫게 되었다.

나에게 그 터닝 포인트는 육아였다.

아이는 내가 세운 계획대로 움직이지 않으며 내 생각대로 자라지 않는다. 내가 비바체(Vivace, 아주 빠르게)나 프레스토(Presto, 매우 빠르게)를 계획해도, 아이가 라르고(Largo, 아주 느리게)로 움직이거나 아예 무한 쉼표를 선언하면 내 계획 따위는 아무 소용 없게 되는 것이다.

아이를 키우며 직장에서 일하고 집으로 출근하는 정신없는 인생을 살아보니, 일은 내가 인생을 마감할 때 끝이 난다는 사실을 깨닫는다. 어차피 아이 키우는 것이 다 나의 일이다. 주중에 일하든 주말에 일하든 큰 차이를 느낄 수 없다. 주말도 평일도 천천히, 그러나 순식간에 흘러간다.

아이들이 자라면서 이젠 피할 수 없는 사춘기의 시절이 다가왔다. 그럴 땐 내 강철 멘탈도 동요할 수밖에 없다. 이 아이들을 독립할 수 있는 성인으로 키워내기 위해 내가 쓸 수 있는 최대한의 재화와 용역을 끌어내어 쓰고 있다. 아이들이 더 자라면 이 짐의 무게는 증량을 멈추고 서서히 가볍게 내려갈 것이다. 그러면서 내 인생의 무게도 조금씩 덜어낼 수 있으리라 생각한다.

아이를 키우지 않는 사람도, 키우는 사람도, 결혼을 하지 않은 사람도, 버거운 결혼 생활을 하는 사람도, 늙은 부모와 일가친척까지 부양하는 고단한 사람도… 다들 자신의 무거운 짐을 짊어지고 있다. 하지만 언젠가는 그 수고로운 짐을 덜어낼 날이 온다.

당장은 힘들고 지쳐서 그날이 오지 않을 것 같을 때가 있을 거다. 다른 사람들은 다들 화려하게 사는 것 같아 주눅이 들 때도 있을 것이다. '왜 나는 매일 행복하지 않은가?' 내게도 이런 질문을 거듭하던 젊은 시절이 있었다.

인생은 항상 행복하고 삶은 풍요로워야 하나? 글쎄다. 항상 행복하고 풍요롭다면 더 큰 행복과 풍요를 추구하느라 또 불행해지겠지. 생은 항상 힘들고 가혹하지만 가끔씩 선물처럼 받는 행복이 있다는 걸 안다. 길을 걷다 어느 골목에서 마주칠 아주 작은 행복을 기다리며, 나는 오늘도 무거운 배낭을 지고 안단테 칸타빌레로 걷고 또 걷는다.

오드리 헵번으로 태어나진 못했지만

조지 클루니처럼 늙고 싶으면 젊을 때 조지 클루니였어야,
오드리 헵번처럼 늙고 싶으면 오드리 헵번으로 태어났어야.
그냥 잘 늙자.

주름지고 마른 몸이지만 전성기 때의 반짝이는 눈빛으로 기억되는 배우, 오드리 헵번.

그녀는 말년에 아프리카에서 구호 활동과 자선사업을 하며 검소하며 소박한 삶을 영위했다. 그 아름다운 얼굴은 세월의 풍파를 맞았지만, 그녀의 활동을 지켜보는 사람들은 진정한 아름다움과 품격이 무엇인지 알 수 있었다.

내 또래 많은 여성들이 오드리 헵번처럼 늙어가기를 바란다. 외모는 따라갈 수 없다는 걸 잘 안다. 그래도 그녀가 남긴 행

보는 모두에게 귀감이 된다. 나도 그런 노년을 꿈꾸고 있다.

얼마 전, 오랜 친구를 만났다. 중학교 입학식장에서 만난 우리들은 반에서 키가 제일 큰 두 여학생이었다. 운동장 맨 뒤에서서 칼바람을 맞으며 수다를 떨던 그날이 기억난다. 우린 단박에 친구가 되었다.

남자 형제를 뒷바라지하느라 공장에 가는 정도는 아니었지만 남녀 차별은 어쩔 수 없이 받고 자란 세대였다. 그에 대하여 크게 불만을 갖지도 않았다. 가부장적인 아버지 밑에서 자라느라 항상 집 안에선 주눅이 들어 있는 우리였지만, 독서실이 있는 아파트 단지의 놀이터의 미끄럼틀 최상층에서 공부하다 말고 두런두런 이야기와 미래를 나누던 우리는 누구보다 자유로웠다.

나와 친구는 같은 고등학교에 진학하고, 거기다 비슷한 동네에 있는 대학교에 진학했다. 대학생 땐 둘 다 연애를 하고, 또 차이고 울고 술 먹고 서로 주정도 하면서 우리는 자매처럼 지내왔다. 대학에 다니며 공부도 열심히 하고, 용돈도 열심히 벌고, 우리 스스로 돈을 벌어 유럽 배낭여행까지 다녀왔다. 입에 단내가 나도록 번 돈으로 비슷한 시기에 결혼도 하고, 아이도 앞서거니 뒤서거니 둘씩 낳았다.

새댁 시절엔 토실토실하게 아이를 기르고, 시댁에서 받는 스트레스를 수다로 풀고 먹을 것을 나누며 그렇게 우리는 나이가 들어갔다. 열네 살에 만나 친구가 된 우리는 참 오래도록 잘도 어울렸다. 도타운 우정이었고, 소중한 우정이었다.

친구 아버지는 영화배우처럼 잘생긴 얼굴에, 강력계 형사를 은퇴한 이후에도 불룩한 배 하나 없이 운동하는 최고의 경찰이셨다. 내 친구의 아름다운 얼굴은 그 아버지로부터 물려받았는데, 내가 스트레스를 받는 상황에서 친구의 얼굴을 보면 그 아름다움으로 화가 풀리는 기적을 경험하기도 했다.

친구는 아버지가 초등학생 때부터 삼 남매에게 구보와 화생방 대피 훈련을 시켰다고 했다. 어린 내가 들을 때는 황당하기 이를 데 없었으나, 그녀의 아버지가 만나는 세상을 부모가 되어 살아보니 그제야 그의 마음이 짐작되었다. 나 같아도 금쪽같은 내 새끼들에게 그렇게 했을 거 같다.

우리가 함께 자라면서 어른이 되어가는 동안, 부모님은 늙어가고 친구의 아버지는 병을 얻었다. 친구의 아버지는 루게릭병에 걸리셨다. 현장에서 나쁜 놈 때려잡으며 집에서 자다가도 호출받으면 부리나케 뛰어나가시던 양반이었는데, 자기 근육이 꼼짝없이 위축되고 마비되는 걸 바라보는 심정이 어떠셨을까. 루게릭병에 걸려서도 굳어지는 근육이 보기 싫어 집에서도 열심히 운동하고, 또 몸을 건강하게 유지하려 노력하신다는 얘기를 듣고 정말 놀랐다.

그러나 그의 근육이 굳어지는 것은 막을 수 없었고, 곧 내 친구의 아버지는 치매까지 걸리게 되었다. 아이 둘에 자기 살림 건사하기도 바쁠 텐데, 친구는 친정엄마와 함께 아버지 뒷바라지까지 해야 했다. 아예 자리를 보전한 환자라면 차라리 어렵지 않았을지도 모른다. 친구 아버지는 달랐다. 그는 정신이 돌아올 때마다 그렇게 운동을 하신다고 했다. 현직에 계셨을 때 못지않게….

그러니 간병인도 힘에 부쳐 떨어져 나가고, 가족들만 돌볼 수밖에 없는 상황이 되었다. 언제나 그렇듯 혜택을 받은 아들은 의무에서 배제되고, 딸들의 의무만 남게 되었다. 친구 아버지는 이제는 기력이 다하셔서 거의 앉거나 누워서 생활하신다. 그는 어느덧 15년 이상 투병 중이다.

나도 우리 아이들에게 건강한 엄마로 남으려고 매일 운동을 한다. 대학생 때 너무 자주 감기에 걸려 면역력을 증진하고자 시작한 운동인데, 아이를 낳고 기르며 체력의 중요성을 더욱 깨달았다.

건강한 신체는 인생의 질을 높이고 가정을 화목하게 한다. 내 몸을 내가 컨트롤할 수 있을 때의 건강은 유용하다. 그러나 내가 나를 컨트롤하지 못할 때의 건강은 주변을 다 피폐하게 만드는 듯하다. 정답이 있을까. 나 또한 내가 항상 젊은 몸으로 살 수 있을 거라고 생각했지만, 슬슬 노안이 오고 체력은 예전만 못하다.

100세 이상 산다는 시대에 나는 어떻게 해야 자식들에게 폐를 덜 끼치고 나의 존엄성을 지킬 수 있을지 고민할 수밖에. 돈이라도 열심히 벌어 내 몸 하나 돌보기 힘들어지기 전에 그럭저럭 좋은 실버타운에라도 들어갈 수 있으면 좋으련만…. 이 소박한 꿈이 얼마나 어려운 일인지를 알고 있다.

그래도 내가 정신을 놓기 전까지는 덜 아프고 건강하기를 진심으로 바란다. 내게 작은 소망이 있다면, 사는 날까지 건강하게 살다 남의 손길이 꼭 필요한 때가 왔을 때 미련 없이 이 세상을 마치는 것이다. 좋은 꿈을 꾸면서, 내 가족들에게 따뜻한 웃음을 보여주며…. 누군들 그렇지 않을까. 그 작은 소망이 이 글을 읽는 여러분과 우리 모두에게 이루어지길 바랄 뿐이다.

오드리 헵번까지는 아니어도, 내가 아는 사람 중에서 가장 외모와 내면이 아름다운 내 친구를 응원한다. 그녀가 가족과 친구에 미치는 선한 영향력과 귀감의 모습은 정말로 헵번의 그것을 닮아가고 있다.

그 친구와 내가 함께 건강하게 늙어가는 것을 상상하면, 그것만으로도 마음에 따스한 5월의 햇살이 비치는 기분이다. 아름답고 또 유쾌하게 늙고 싶은 나와 친구의 소박한 장래 희망을 힘껏 응원하고 싶다. 삼십 년 전 우리가 놀이터에서 그랬던 것처럼.

살아간다는 것,
그 고단함에 관하여

도도히 흘러가는 강물처럼

흘러가는 난창강아

도도히 흐르는 난창강은

언제나 거꾸로 흐를까

큰 강은 길고 길지만

다시 만나지 못한다네

흘러간 강물은 다시 돌아오지 못하기 때문이지

금닭과 은닭이 옌징에 남겨 준 것은

소금물뿐이네

소원을 빌겠어요

다시는 이렇게 무거운 소금물을

긷지 않게 해주세요

-〈흘러가는 난창강아〉 중에서

티베트의 옌징(盐井). 바다와는 멀리 떨어진 첩첩산중에서 소금물이 솟아난다. 이 소금우물(염정)에서 유래된 이름은 그대로 이곳의 지명이 되었다. 누군가는 염정을 신의 선물이라 부르지만, 여기 사는 여인들에게는 이 선물이 신의 저주에 가깝다.

이 소금물을 통에 가득 채우면 약 35kg, 이 무거운 짐을 지고 하루에 300~400번을 염정(鹽井)에서 염전(鹽田)으로 왕복한다. 옷도, 발도 하루 종일 젖은 채로 고통스러운 삶을 이어나간다. 이런 삶은 그들의 조상으로부터 천 년이 넘게 이어져 왔다.

2007년에 방영한 〈차마고도〉라는 다큐멘터리에서는 이들의 삶을 여과 없이 보여준다. 척박한 자연환경에서 어떻게든 살고자 하는 사람들의 삶을 보며 그 삶의 방식에 숙연해졌다.

여인들의 삶은 전 세계 어디서든 경제 수준이 낙후될수록 훨씬 더 고단하다. 그렇지만 열악하디열악한 이곳 차마고도에서는 여인들에게만 고통의 무게가 쏠린 것이 아니었다. 그들은 성별과 나이에 상관없이 누구나 공평하게 고단한 삶을 살아가고 있었다.

먹고사는 것이 힘들어 한 집안의 남자 형제들에게 한 명의 여인이 부인이 되는 일은 너무나 흔하다. 이를 '공처제'라고 하는데, 송이버섯 등을 채취한 뒤 수백 킬로미터 떨어진 곳으로 그걸 팔러 나가는 형제를 대신해서 남은 형제가 처와 아이들을 돌보기 때문이다.

이를 다부제로 해석할 수도 있겠으나, 내게는 그저 처절한 환경 속에서 어떻게든 적응하고 살아남으려는 분투의 흔적으로 보였다. 한집에 같이 살 수 있는 시간도 짧은 데다 오가는 길이 험난해 돌아오지 못하는 경우도 많아 3형제 공처도 흔하다고 한다. 분가하지 않고 아내 한 명과 한 집안의 남자들이 같이 살면 살림이 나아지고 후손을 이을 수 있으니 자연스레 그리된 것이다.

신영복은 『감옥으로부터의 사색』에서 가난한 재소자들이 일부일처를 유지할 형편이 안 되는 것을 묘사하며, 일부 반처와 일부 1/3처 등을 언급했다. 그는 그런 결혼 생활을 유지하는 남편과 아내의 사정을 들으면서 "왜소하고 영락한 삶의 형식을 가까스로 꾸려나가는 사람들"이라고 마음 아파했다. 먹고사는 일이 어려워지면 우리가 당연하다고 생각하는 관습이나 윤리가 얼마나 나약하고 쓸모없는지 깨닫게 된다.

아이들은 아이답게 학교에 가고, 운동장에서 함께 뒹굴고 공을 차고, 또 부모는 부모의 삶을 살면서 하루하루 나이 드는 것…. 이 지구상에서는 그 당연한 것을 누리지 못하는 이들이 참 많다. 나는 물론 결혼이란 두 사람이 온전히 서로에게 속하는 것이라고 생각하지만, 나와는 다른 결혼의 방식을 선택한 사람들도 분명 각자의 삶에 진한 애정이 있고, 자신의 운명을 버티며 그 삶을 아름답고 묵묵하게 이어왔으리라.

무거운 소금물을 길어 높은 산의 염전으로 나르고, 그 물을 하루 종일 섞은 뒤 소금을 만들어 생활을 이어가는 여인들이 노래를 부른다. 그들이 부르는 노래는 그 삶의 무게만큼 처연하고,

그녀들의 소원처럼 간절하다.

소원을 빌겠어요
다시는 이렇게 무거운 소금물을
긷지 않게 해주세요

한국의 민요 〈사발가〉에도 이런 정서가 있다.

석탄 백탄 타는데
연기만 펄펄 나구요
이내 가슴 타는데
연기도 김도 안 나네
에헤요 어허야 어여라난다
디여라 허송세월 말어라
―〈사발가〉 중에서

사발가는 1910년 한일병합 당시 민족의 울분을 토로한 경기민요로, 서울 근교에서 불렸다. 속 타는 한민족의 마음을 표현한 가사가 절절하다.

나는 이 민요를 젊은 소리꾼 채수현에게서 듣고 눈물을 흘렸다. 그녀는 언젠가의 무대에서 혹독한 사춘기를 겪으며 엄마 속을 다 태웠다고 고백했다. 채수현은 엄마에게 이 노래를 바친다는 말과 함께 〈사발가〉를 처연하게 부르기 시작했다. 그 가사와 멜로디가 너무 와닿아서 나도 눈물이 멈추질 않았다.

내 속이 타들어 가거나 말거나 연기도 김도 안 난다. 누가 내 속을 알아주리오…. 한국인의 고단한 삶에 대한 진한 애환이 녹아 있는 가사다. 그럼에도 인생은 계속되어야 하니, 허송세월 말고 인생을 단단하게 살자는 메시지가 마음으로 깊이 들어온다.

사는 곳이 다르고 사는 시대가 달라도 인류는 비슷한 고통을 겪고, 비슷한 고민을 한다. 나는 얼마 전부터 귀에 맴도는 〈흘러가는 난창강아〉를 들으며 내 삶에 대한 자세를 다시 한번 가다듬고 몸을 낮춘다.

불과 2년 전만 해도, 인류 역사상 전례 없는 역병을 겪으며 아이들이 학교에 못 가고 온 인류가 마스크를 쓰는 시대를 상상할 수도 없었다. 현실은 절망스러워도 우리는 우리의 고단함을 버텨야 하고, 나는 내 삶을 살아내야 한다. 이러나저러나 살아야 한다. 이 세상을 살아가며 자기만의 소금물을 긷는 모든 여인들에게 깊은 응원과 격려를 보내고 싶다.

소원을 빌겠어요
사는 동안 무거운 소금물 지고
가슴에 연기가 펄펄 나더라도
가끔은 즐거운 일이 생기고
이따금 허송세월할 수 있게 해주세요

곤란할 땐, 옆집 언니

명랑하고 호쾌한 마흔여섯 인생론

발행일 2021년 11월 30일 초판 1쇄

지은이 남수혜

편집 박성열, 정혜인

디자인 김진성

인쇄 민언프린텍

제본 라정문화사

발행인 박성열

발행처 도서출판 사이드웨이

출판등록 2017년 4월 4일 제406-2017-000041호

주소 서울시 영등포구 당산로42길 16, 506동 901호

전화 031)935-4027 팩스 031)935-4028

이메일 sideway.books@gmail.com

ISBN 979-11-91998-02-3 03810